给孩子买100本书，
不如陪孩子读一本书！

"大带小"
官方微信平台

感谢上海师范大学教育发展基金会、上海浦发公益基金会、香港陈一心家族基金会、汇丰银行（中国）有限公司、伊顿（中国）投资有限公司等机构和单位对"大带小"阅读关爱项目的支持。

本项目得到上海市教育科学研究项目（项目编号：B11038）的资助

绘本
是最好的教科书

跟着儿童心理学家读绘本

吴念阳 主编

北京大学出版社
PEKING UNIVERSITY PRESS

图书在版编目(CIP)数据

绘本是最好的教科书：跟着儿童心理学家读绘本 / 吴念阳 主编 . —北京：北京大学出版社 , 2015.3
ISBN 978-7-301-25077-8

Ⅰ . ①绘… Ⅱ . ①吴… Ⅲ . ①儿童文学 – 图画故事 – 文学研究 Ⅳ . ① I058

中国版本图书馆 CIP 数据核字 (2014) 第 261253 号

书　　名	绘本是最好的教科书：跟着儿童心理学家读绘本
著作责任者	吴念阳　主编
责任编辑	旷书文　王业龙
标准书号	ISBN 978-7-301-25077-8
出版发行	北京大学出版社
地　　址	北京市海淀区成府路 205 号　100871
网　　址	http://www.pup.cn
新浪微博	@北京大学出版社
电子信箱	zpup@pup.cn
电　　话	邮购部 62752015　发行部 62750672　编辑部 021-62071998
印刷者	三河市博文印刷有限公司
经销者	新华书店
	880 毫米 ×1230 毫米　A5　7.5 印张　220 千字
	2015 年 3 月第 1 版　2022 年 1 月第 9 次印刷
定　　价	38.00 元

未经许可，不得以任何方式复制或抄袭本书之部分或全部内容。
版权所有，侵权必究
举报电话：010-62752024　电子信箱：fd@pup.pku.edu.cn
图书如有印装质量问题，请与出版部联系，电话：010-62756370

Preface 序

阅读是儿童认识世界的重要开端，阅读能力是儿童一切学习能力的核心要素。长久以来，国际社会一直十分关心儿童的阅读，重视儿童阅读能力的培养和提升。美国"国家教育进展评估会"（NAEP）从1972年起跟踪四年级、八年级与十二年级的学生的阅读分数，结果发现：做练习卷的数量与孩子的阅读水平没有关系，而能享受阅读乐趣的孩子和大量阅读课外读物的孩子，阅读分数最高。在美国教育部的帮助下，由知名专家组成的"阅读委员会"，从1983年就开始研究儿童阅读危机的原因和解决办法。美国国家教育学会（NEA）、美国图书馆协会（ALA）每年都要投入巨资对学生的阅读进行学术研究，评估哪些阅读教学方法有效。经济合作与发展组织（OECD）从2000年开始实施国际学生评估项目（PISA），组织评估各国学生能否掌握未来参与社会所需要的知识与技能，其中就包括阅读能力测试。

在中国，为持续了解中国国民的阅读与购买倾向，中国新闻出版研究所从1999年开始到2014年，共发布了十一次《全国国民阅读调查报告》，这些报告表明，中国人每年人均阅读纸质书不足5本，并且通过手机、电脑进行的浅阅读、碎片化阅读人数正在逐年上升。

阅读的重要性不言自明，无论是老师还是家长都十分重视儿童阅读能力的培养。但是，有调查表明，很多家庭和学校把阅读的目标和应试捆绑在一起，他们更多地鼓励与学业成绩密切有关的阅读，而禁止阅读短期内不能显著提高成绩的"闲书"。

其实，阅读的目的有两种，一种是为解决生活中的问题而进行的信息性阅读，比如：为考试成绩而阅读，为获得老师的赞誉而阅读，为就业的资格证书而阅读……还有一种是文学性阅读，以阅读乐趣为根本动力，比如，人们喜欢看金庸的武侠小说、琼瑶的言情小说……在文学性阅读中，读者能把自己投射到作品中，想象其中的事件、人物对话、情感世界，在这个过程中享受语言本身带来的美感，体验跨越时空的人生阅历，从而获得巨大的心理满足，得到阅读的乐趣。在儿童生命的早期，应该是文学性阅读多于信息性阅读，儿童在文学性阅读中，能大大扩展生命的经验，了解千姿百态的社会与世界。

我们从小在家里习惯了妈妈做的菜，成年之后，即便走遍世界，我们心中最美味的依然是妈妈的菜肴，那是因为我们的味蕾和胃自幼就已经习惯了那样的味道，并且终身不改。同样，我们"阅读的味蕾"也是从小养成的，我们对图书的感情，我们阅读的方式、习惯也是从小就形成了！很难设想，一个小时候不爱读书的人，长大之后会爱读书。

在欧美国家，几乎处处可以看到阅读者的身影：公交车站候车的人在看书，机场候机的人在看书，马路边私家车里的人在看书，即便是马路上的行人，也可以看到他们背包的侧袋里有一本书…… 这些，都与西方国家对幼儿早期阅读的重视有关。

在今天的中国，家庭、学校、社会，应该尽最大努力，培养下一代"阅读的味蕾"，这件事的紧迫性怎么强调都不过分。

在我们上海师范大学，有一支百余人的阅读推广队伍，在上海各区的小学和幼儿园、在他们的故乡，推广互动式分享阅读，这是一种全新的阅读模式，他们给儿童的阅读课堂带去了清新的阅读教学形式，给家长和学校带去了全新的阅读理念。

在传统的教学形态中,很少有机会让年幼的儿童提出问题,更少有机会让儿童无拘无束地呈现解决问题的过程。互动式分享阅读创设了一个轻松的氛围,孩子们可以毫无压力地提出内心的疑惑,并报告他们瞬间的判断和推理结果,而不用担心自己的所思所想是否符合教师的期望、是否会招致老师的批评。互动式分享阅读创设了一个宝贵的机会,孩子们学会了倾听他人的发言,了解别人的视角,认识到可能别人想的和自己想的完全不一样,而这种心理能力正是他们成年之后人际交往中必备的特质。在这样的阅读时光中,孩子们的阅读兴趣、阅读习惯、评价鉴赏能力、情绪情感体验能力等高级阅读素养得到了熏陶。

这支百人队伍的领队者,吴念阳教授,是一位儿童心理学家。在中国活跃着的阅读推广队伍中,鲜有儿童心理学家,他们的视角和幼儿园教师、小学语文教师、文学创作者等人是不一样的,他们更关注儿童的认知、推理过程,概念形成过程,更关注儿童智商、情商发展的内隐过程,更关注儿童眼睛里的作品人物,更关注儿童的终身发展。

这支百人队伍的主体是上海师大的大学生、硕士和博士研究生,他们爱儿童文学、爱孩子、爱教育,他们对社会有使命感,他们和孩子们一起享受以绘本为主的精美儿童文学作品,分享阅读的乐趣,他们花大量的时间琢磨一本本文学作品、一个个年龄段儿童的心理发展水平,他们用青春的光阴和汗水,向社会传播先进的教育理念,践行高等院校的社会服务功能,他们是这个时代可爱的年轻人!

由北京大学出版社出版的《绘本是最好的教科书:跟着儿童心理学家读绘本》,是这支百人队伍的第二本成果。这本书分为两个部分:"理念篇"和"实战篇"。在"理念篇",作者以儿童心理学家的视角讲述了儿童思维的特征、好的教科书的特征,论证了为什么说"绘本是最好的教科书"。并且,作者用大量的图文并茂的作品案例向读者讲解了如何欣赏绘本,如何带领儿童阅读绘本。"实战篇"根据"亲近图书""趣味阅读""亲子关系""同伴关系""童年愿望""中华传统文化"这六个主题，精选了 19 本优秀绘本的带读案例。这样的分类基于儿童视角，是以儿童为主体的，难怪孩子们那么喜欢带读者们上的阅读课，难怪有些孩子每读一本书，回家就要父母也买一本同样的书——因为孩子们真的喜欢这些书！

真诚地向社会推荐这本书，希望这本书能给更多的孩子带去阅读的乐趣！

张民选

2014 年 10 月

Foreword 前言

如何加强儿童的文学阅读？这个问题困扰着大多数重视孩子教育的家长。自从我们团队的《让孩子爱上阅读——互动式分享阅读指导手册》出版以后，我们收到了很多单位的邀请，要我们去讲如何推广儿童阅读，听众对象包括小学、幼儿园的教师，家长，高等院校和企业的员工，图书馆的员工……我们的项目在上海受到了广泛的欢迎。通过上海师范大学的"语文教师国家培训计划""农村校长助力培训工程"，我们的互动式分享阅读已经走向了全国各地。

我和我的学生们很高兴，作为学者，我们的研究成果满足了社会的需要，我们为社会的进步作出了虽微弱但独特的贡献。同时，随着我们接触更多的老师和家长，我们自身也越来越焦虑，因为我们看到了更多不懂得如何带孩子读书的老师和家长。

于是，我们又写了这一本书，希望把我们听到的看到的以及所做的记录下来，让更多的老师知道如何带小朋友阅读，让更多的家长重视孩子的阅读，让更多的孩子体验阅读的乐趣。在今天这本书中，我的学生们将向大家介绍20本绘本，以及大学生和小学生一起读这20本绘本时发生的故事（其中，《我爸爸》《我妈妈》写在一篇带读案例中）。

和《让孩子爱上阅读——互动式分享阅读指导手册》一样，本书也分为"理念篇"和"实战篇"。"理念篇"讲阅读的意义和方法,"实战篇"呈现经典绘本的带读案例。在"理念篇"中,我将谈几个问题:第一,为什么说绘本是最好的教材?第二,回答家长常见的疑问,列出家长们在阅读方面的常见误解;第三,选购儿童读物的标准;第四,如何欣赏绘本;第五,解读专门写给家长阅读的绘本;第六,介绍我们的阅读理念。为了能更好地理解"实战篇"的19篇案例,请读者能耐心看完"理念篇"。

在"实战篇"中,我们分六章呈现了20本绘本的带读案例。

第一章的主题是"亲近图书",有两本绘本的带读案例:《图书馆狮子》和《一只有教养的狼》,都是和图书有关的故事。图书馆是儿童学习的重要场所,很多学校和家庭都没有意识到这个特殊场所对孩子的熏陶。在图书馆里,有那么多的书,那么多在阅读的人,自然地营造了爱书的氛围,对培养儿童对图书的亲切感起到了"软广告"的作用。经常阅读这样的书,他们就会觉得去图书馆看书是天经地义的事情。很多英文绘本里,都有图书馆的场景,比如系列绘本《小饼干狗》里有《小饼干爱图书馆》,系列绘本《好奇的乔治》里有《好奇的乔治参观图书馆》。有一个三岁的孩子,父母经常给他读安东尼·布朗的《我喜欢书》,某天,他听完之后若有所思地对姥姥说:"姥姥,你以后要多读书啊,不能老是看手机。"姥姥乐得合不拢嘴,连声答应:"好!好好!"可见,反复呈现书、图书馆的场景,能激发儿童对图书的爱,很多小学生读完《小饼干爱图书馆》,就会自言自语地说:"我明天就去图书馆。"这就是阅读对儿童心灵的熏陶作用。

第二章的主题是"趣味绘本",有四本绘本的带读案例:《好脏的哈利》《最最喜欢的野餐》《朱家故事》和《爷爷一定有办法》。我们都知道一句话:"兴趣是最好的老师",这四本书里的每一本都很难直接回答故事的主题是什么,但是阅读的过程却给读者带来那么愉悦的幸福体验。每次教师或者家长培训课上,当我用 ppt 呈现画面时,读者都无不惊讶:"真的呀!""要是我自己可看不出来!""老师,你再给我们看一遍!"孩子们就更别提了,瞪大了眼睛,就怕看漏了细节，就怕没有别人看得多："这里有一只猪！""小老鼠一家春游去了！"这种愉悦的阅读过程，把愉快的情感和阅读联系在一起，正是培养学习兴趣的最好途径。

第三章的主题是"亲子关系"，有五本绘本的带读案例：《我爸爸》《我妈妈》《大猩猩》《妈妈你好吗？》《长大做个好爷爷》。传统的语文教学中，家长的形象是完美的，孩子的态度是感恩的，在中考、高考作文中，学生笔下的父母都是任劳任怨的、含辛茹苦的。据参加阅卷的老师反映，有的时候整个考场对"母爱"的展示都很单调乏味：不是半夜送孩子上医院，就是下雨天送伞，还有就是带病陪读……显然，这不是现实家庭中亲子关系的真实写照。孩子们心目中的父母是什么样的呢？孩子们对父母有什么期待呢？我们就去看看孩子们在阅读这几本书时的心得分享吧！

第四章的主题是"同伴关系"，有四本绘本的带读案例：《我爱交朋友》《威利和朋友》《烟花》《我有友情要出租》。交友，是儿童社会化的主要途径，在传统社会里，一个村、一个院里大大小小的孩子们在一起，今天闹别扭，明天又一起玩闹，自然而然地，他们知道了什么行为是受人欢迎的，什么行为是被别人拒绝的。但是，在这个独生子女时代，交际能力缺乏成为一种普遍的现象。

第五章的主题是"童年愿望"，有三本绘本的带读案例：《莎娜想要演马戏》《小恩的秘密花园》和《大脚丫跳芭蕾》。如今的儿童无不在家长的"高瞻远瞩"地安排下，在各种培训班、补习班之间奔波，有多少家长关注过儿童内心的渴望？伴随着这三本绘本里的主人公的经历，家长们可以和孩子谈谈："你最想去哪里？你将来想做什么？""为了实现这些理想，你在做什么准备？"孩子们一定会给家长展现一个色彩斑斓的世界。

第六章的主题是"中华传统文化"，有两本绘本的带读案例：《迷戏》和《Ruby's Wish》。近年，学界一直在呼吁，绘本的选题要传播中华传统文化，但是反映中华传统文化的优秀绘本并不多。很多作品在成人眼里觉得很好，但是儿童的反应却很平淡。本单元选择的《迷戏》是一本原创绘本，目的是让孩子们接触中国的国粹——京剧；《Ruby's Wish》是一本描写旧时中国大家庭生活的英文绘本，这本绘本是美国的小学教材。孩子们可以从这类绘本开始，走进中国历史的深处，感受中华民族独一无二的文化魅力。

  我要感谢每周在上海市各区奔波的志愿者们！自从六年前成立"大带小"志愿者团队，我们的队员已经换了一批又一批。一届一届同学毕业离开学校，一届又一届新生加入进来，志愿者们的面庞在变化，但是每周五晚上的带读分享会的热烈气氛从来没有变！是他们，让几万人次的小朋友体验到了阅读的乐趣；是他们把分享式阅读的理念送进了千家万户；是他们帮助许多企业成立了员工亲子阅读沙龙，从而提升了员工文化的品质；是他们把小朋友们对好图书、好老师的渴望带回大学校园，极大地丰富了大学校园的文化生活；是他们记录下了孩子们和图书亲密接触的鲜活故事，也是因为他们才有了今天这本书！

  希望有更多的老师、家长加入到我们的事业中来！

吴念阳

2014年11月

绘 本 是 最 好 的 教 科 书

目录 Contents

理念篇　儿童心理学家眼中的绘本

第一章　为什么说绘本是最好的教科书 / 2

一　儿童思维的具体性：绘本是儿童习得概念的最佳方式 / 2

二　绘本是最好的教科书 / 7

第二章　绘本应该如何读 / 24

一　你的阅读观正确吗？ / 24

二　家长们关于阅读的疑惑 / 27

三　选书是个技术活儿！ / 34

四　如何欣赏绘本？ / 36

五　写给家长看的绘本 / 40

六　互动式分享阅读——我们的阅读理念 / 44

实战篇　精选绘本带读案例

第一章　亲近图书绘本精选精读 / 52

一　带孩子去图书馆吧：读《图书馆狮子》 / 53

二　让孩子更有教养的故事：读《一只有教养的狼》 / 63

第二章　趣味绘本精选精读 / 74

一　淘气是孩子的天性：读《好脏的哈利》 / 75

二　做个智慧的家长：读《最最喜欢的野餐》/ 83
　　三　你还敢懒惰吗：读《朱家故事》/ 89
　　四　神奇的毯子，奇妙的故事：读《爷爷一定有办法》/ 97

第三章　亲子关系绘本精选精读 / 105

　　一　孩子眼中的百变父母：读《我爸爸》和《我妈妈》/ 106
　　二　渴望父爱的女孩：读《大猩猩》 / 115
　　三　对妈妈说说心里话：读《妈妈你好吗？》/ 123
　　四　生命教育的好绘本：读《长大做个好爷爷》/ 131

第四章　同伴关系绘本精选精读 / 139

　　一　让孩子擅交友：读《我爱交朋友》/ 140
　　二　做对别人有用的人：读《威利和朋友》/ 148
　　三　可笑的小气鬼：读《烟花》/ 156
　　四　如何收获友情：读《我有友情要出租》/ 163

第五章　童年愿望绘本精选精读 / 171

　　一　梦想是这样实现的：读《莎娜想要演马戏》/ 172
　　二　阴霾中的阳光女孩：读《小恶的秘密花园》 / 179
　　三　梦想不要轻易放弃：读《大脚丫跳芭蕾》/ 187

第六章　中华传统文化绘本精选精读 / 196

　　一　迷倒孩子的国粹：读《迷戏》 / 197
　　二　一个民国女孩的大学梦：读《Ruby's wish》/ 207

附录　你还应该和孩子共读的30本绘本 / 216

理念篇

儿童心理学家眼中的绘本

第一章　为什么说绘本是最好的教科书

我曾经参观过不少的小学图书馆，但很心酸地发现，许多小学的图书馆里充斥着太多品质平平的读物，却难见绘本踪影。

我曾经亲耳听一位小学教师说："我是不肯让学生读绘本的，我要他们看字多的书。"

我曾经被一位朋友退回了我送给她孩子的绘本，她说："孩子已经大了，不能再看这么幼稚的书。"

然而，作为一名多年在小学推广绘本阅读的心理学工作者，此情此景，让我深深感觉到：绘本的重要性目前我们无论怎么强调都不为过，或许我们要改变教育理念了。

一　儿童思维的具体性：绘本是儿童习得概念的最佳方式

在地铁里，一个18个月大的可爱小女孩，一个劲地盯着旁边乘客手里的交通卡，用不清楚的发音说着："pai！pai！"别人不知何义，她妈妈解释道：她在家里经常玩扑克牌，她以为交通卡是"牌"。边上的人都笑了，以前真没有想到交通卡和扑克牌能有什么联系。

一个1岁的小男孩，对着公交车上的一名军人喊："爸爸！爸爸！"妈妈羞红了脸：他爸爸是解放军战士，上个月刚刚回来探亲。

我们有大学生志愿者到幼儿园带小朋友读绘本,一个大班小男孩问:"姐姐,你是大人吗?"她回答:"是大人呀。"孩子疑惑地问:"不对啊,你是大学生啊,学生怎么是大人呢?"哦,在他的概念里,学生都是孩子。

如何让孩子知道一个概念?每个概念都有很多的正例和反例,对于低幼年龄的孩子,让他们接触大量的正例和反例,这是建立概念的重要途径。

当我们给一个1岁半的孩子一张扑克牌,告诉他这是"牌",也许他以为这个形状的叫"牌",也许他以为这个尺寸的叫"牌",也许他以为这个颜色的叫"牌",也许他以为这个质地的叫"牌"……我们需要同时给他看类似"牌"却又不是"牌"的物体,如:银行卡、交通卡,借书卡……他们才会慢慢知道,"牌"跟"功能"有关系,跟质地也有关系:玩的那个叫牌,乘地铁的时候用的叫"卡",借书时用的叫"证",乘火车的时候用的叫"票"……

一个不满1岁的儿童,对陌生的爸爸,印象最深的就是那套绿色的军装,在爸爸探亲的那个月,只要看到穿着绿色军装的人就喊"爸爸"是没错的。我们可以让他看到穿多种便装的爸爸,看到更多其他的军人,孩子对军装的反应就慢慢消退,转而关注爸爸的面容了。

如果我们想让一个孩子知道"学生"和"大人"两个概念之间没有必然关系,最好的办法是让他见识所有具体的有"学生身份"的人,有小学生、中学生、大学生、博士生,甚至还有已经做了爸爸妈妈的博士生,见多了,他就会把这两个概念区分开了。

假如我们想让一个孩子知道什么是"抱",当然最直接的方法是去抱他一下。如果用教学手段,一般方法是写一个"抱"字,然后在旁边画一幅妈妈抱着宝宝的画。但是如果要让"抱"在孩子心灵中形成深刻温暖的形象,最好的做法应该是给他看《抱抱》这类绘本,你看,大象抱着小象,大狮子抱着小狮子,大鹿抱着小鹿,大猩猩抱着小猩猩……,全书基本是这样的动物妈妈温暖而亲切地抱着宝宝的图片,读完后,孩子们会情不自

图1 《抱抱》插图

禁地跟爸爸妈妈来一个拥抱！对了，还要去抱抱爷爷奶奶，还要去抱抱其他小朋友。他在这样的拥抱中，不仅仅知道了"抱"这个动作，还感受到了"抱抱"传递的亲密感情。

为什么需要这样做呢？因为儿童的思维特点是具体形象的。他要知道"牌"和"卡"的区别，就要见识很多"牌"很多"卡"。他要获得"抱"字的含义，就要见到很多"抱"的场景，然后慢慢地概括出"抱"的本质含义，获取一个抽象的意义。英国人杰兹·阿波罗创作的绘本《抱抱》，就用这样的方法向孩子们展示了什么是"抱抱"，赢得了孩子们的喜爱。如果这样来教学，是不是会很人性化，很有效呢？

再举一个例子，"能"是个没有具体形态的心理动词，假如我们想让孩子们把握它的含义，除了直接演示外，在教学上，怎么讲？我们看看近几年风靡网络的美国加州原版语文教材《Treasures》中的处理方式：

图 2 《是的，我能》插图

图 3 《我能，你能吗？》插图

《Treasures》在第一册第一单元连续安排了三篇课文讲"能"：

第一篇是《是的，我能！》（Yes, I Can!）：两只小猪想跳过水塘，跳之前都说："我能。"但是它们真的能跳过去吗？当然不行，掉到水里之后认输了："我们不能！"

接下来的第二篇课文《我能，你能吗？》（I Can, Can You?），讲一个小男孩和一个小女孩在比本事：

我能手抱着头跳，你能吗？／我能。／／我能跳过木板，你能吗？／我能。／／我能绕着树跑，你能追到我吗？／我能。／……

第三篇是《跑！跳！游！》(Run！Jump！Swim！)，是自然科学类课文，用真实的图片解释了一个问题："什么给了动物运动能力？"：

袋鼠能跳得很高。／强壮的后腿帮助它跳跃。／／猎豹能跑得很快。／长腿帮助它快跑。／／鲨鱼能游得很快。／尾巴和鳍推动它在水中穿行。／……

这三篇课文虚实结合,构成了一个完整的语境系列:第一篇,讲"能"的反例"不能";第二篇,给出了多种"能"的正例;第三篇,给学生建立了一个因果关系:"能"是结果,有"果"必有因。《Treasures》的三篇课文对"能"的阐释非常全面和完整,能很好帮助小读者理解一个看不见实物的概念"能"。孩子在反复朗读这些句子时,渐渐抽象出"能"的概念。这大概也是《Treasures》这套教材在国内没出版的情况下,竟然会让万千家长趋之若鹜的原因之一。

除了上面说的"抱""能"以外,儿童的教育过程中还要学习大量的抽象概念,如何让这些抽象概念内化,让儿童们真正接受?最好的方式应该是给他们提供每个概念的具体场景,并且是多个场景,让他们有机会见到这个概念的多个实例,从而能自己概括、抽象出概念的本质内涵,这就是儿童抽象概念形成的途径。随着年龄的增长,儿童将在各种人物、故事、事件中,获得社会知识、自我认知,最终形成他们的价值观和审美倾向。

这些年,随着国外绘本的大量引进,以及本土优秀作品的大量出现,这种画面精美、图文相辅相成的读物受到了广大小读者的喜爱。舍此,你还能找到其他更符合儿童认知规律的教材吗?

图 4 《跑!跳!游!》插图

二 绘本是最好的教科书

1、什么是绘本?

绘本也称"图画书",图画和文字共同讲述一个完整的故事。图画不是对文字的简单图解,不是可有可无,对于儿童来说,它具有更大的阐释意义。

什么叫图画和文字共同讲述故事?以风靡全球的儿童英语教材《Look Listen and Learn》第29课为例,课文讲的是一段很多家庭都曾经遇到过的场景:

妈妈:你的手干净吗,桑迪?

桑迪:是的,我的手干净的,妈妈。

妈妈:给我看看你的手,你的手不干净,很脏。

妈妈:你现在就去洗洗!

桑迪:好的,妈妈。

妈妈:你的手现在干净了吗,桑迪?

桑迪:是的,干净了。

妈妈:桑迪!你看看我那条干净的漂亮毛巾!

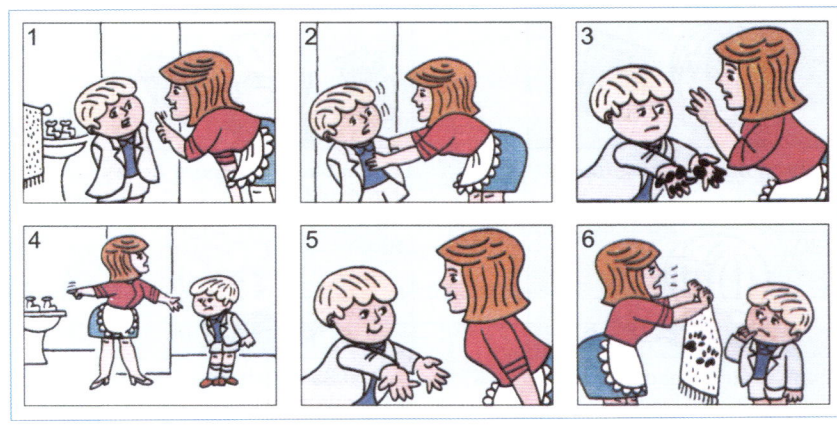

图5 《Look Listen and Learn》的第29课

妈妈为什么生气?课文没有说。我跟孩子们读完后,他们都笑了,因为画面上有答案呢:毛巾上有两只手印!孩子们运用推理能力能猜到:桑迪没有认真洗手,把污渍擦在了毛巾上!这篇课文的图画关系,构成了绘本的雏形。文字没有明确表述的信息,图片作了补充,小读者通过对图像的观察,把文字层面的不完整信息补充完整了。并且,由推理获得的理解让孩子们获得认知的愉悦。

再如,后文将有介绍的原创绘本《烟花》,讲的是一对好朋友狐狸和獾的有趣故事。狐狸憨厚,獾精明,他们买到了烟花,狐狸在众多的动物面前燃放了属于他的烟花,大家欣赏到了漂亮的烟花,很开心。但是獾却不愿意跟大家分享,拽着狐狸爬上了山顶,自以为在周边无人的夜晚可以独享烟花的美丽,却不料山下的动物们全都看到了比白天更美的烟花。书里的獾是一个让人又好气又好笑的形象,大读者、小读者都很喜欢这个故事。其中有两页:

獾的话很多——"你吃太多会发胖。"/"这种饮料你不能喝太多。"狐狸都觉得很有道理。

这两句话是谁说的?成人一看都知道是獾说的,狐狸是听众。可是,很多小读者都认为是狐狸说的,为什么呢?因为"狐狸瘦、獾胖啊!"一般而言瘦子会劝胖子不要吃太多。

这本书非常凝练传神地塑造了一对好朋友——多吃多占的獾、憨厚淳

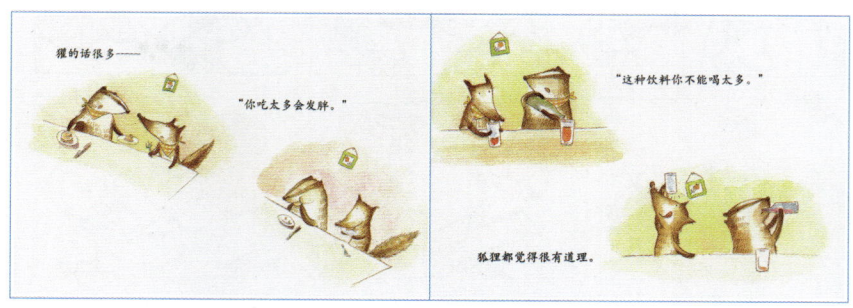

图6 《烟花》插图

朴的狐狸。獾胖并且吃得多、喝得多，却劝狐狸少吃少喝，貌似还为狐狸着想。小读者们在这种看似冲突的文字信息和图像信息中，选择了图像作为认知关注点，而疏忽了文字。

为什么孩子不注意文字呢？因为儿童的信息加工优势通道是视觉，他们对形象信息更敏感，对文字信息不敏感。既然儿童对文字信息不敏感，图画就是我们和孩子交流的主要媒介。矛盾的图文关系，正是我们引导儿童观察、思考的好机会："再听我读一遍，这两句话是谁说的呢？""獾是怎么想的呢？"可以这样引导小读者。

再看英文绘本《真正的朋友》（A Friend Indeed），正文部分是一首诗歌，假设我们就是文字水平很低的幼儿，仔细欣赏这些画面，也能大致明白作者想说什么吧——

朋友是什么？是那个从小就一起玩的伙伴，是那个有幸福就可以分享的人，是那个有心事就可以倾诉的人，是那个有困难就相互支撑的人，就是那个从小到老一辈子都保持亲密关系的人！

假如没有这些画面，怎么对一个时间概念不成熟的孩子讲"绵延一生的友谊"呢？

2、绘本好在哪里？

从孩子们第一天上学起，家长都期待孩子能早日独立学习，不要家长陪伴和

图7 《真正的朋友》插图

图 8 《我不想生气》插图

图 9 《来了一个新朋友》插图

督促。但是，孩子能独自学习的前提条件就是：良好的阅读能力和积极的阅读态度。

为什么绘本能培养儿童良好的阅读能力和积极的阅读态度呢？绘本好在哪里？

（1）绘本画面精美，吸引儿童的注意力。

请先看图 8 和图 9，分别来自我们经常给孩子们读的两本绘本。这么精美的图片，画面上的每一个元素都让孩子喜欢，他们喜欢看，多次看，看得久，看得细，观察力就提高了，阅读习惯就养成了，画面上的字自然也就顺便认识了，**最轻松的识字就是在多次重复阅读绘本时识字**。我们来看《小饼干狗》系列绘本中的《小饼干，感恩节快乐！》的两幅图（图10），左边都是一个小女孩在擀面，左面的文字都一样："没有南瓜饼就不像感恩节了，爷爷最喜欢南瓜饼！"看上去两张图差不多，第一幅右上角有一句："哦，别动，小饼干！"这是什么意思？再看下一幅的右边，哦，小狗闯祸了，原来在台面上的面粉撒了一地，原来好好的纸卷拉开了。两张图的对比，让小读者既感觉到破坏的乐趣（大概每个孩子都有过这样的"破坏"愿望吧），又锻炼了观察力。**注意，文本对此没有任何描写，**

图10 《小饼干,感恩节快乐!》插图

读者需要自己观察、对比,用思维活动去补充。在幼儿阶段,儿童还不善于对画面不同部分之间的关系进行推理,成人若能多多引导观察和推理,将对儿童的思维能力成长大有裨益。

(2)绘本内容具体生动,符合儿童的形象思维特征。

绘本用平实的语言、具体的人物行为展示主题,并且同一主题经常呈现,给儿童提供了丰富的概念实例。比如,什么叫"孤单"?《帕特先生和塔比猫沏茶》(Mr. Putter & Tabby Pour the Tea)是系列绘本《帕特先生和塔比猫》(Mr. Putter & Tabby)中的一本,这本书描述的是帕特先生开始过着孤单的老年生活,后来得到了一只叫塔比的猫,生活无比快乐。这个故事的前半部分文本是:早晨帕特先生没有人分享他的英式松饼。/下午没有人分享他的下午茶。/晚上没有人听他讲故事,他肚子里有很多美妙的故事。/一整天,他修整玫瑰花,给郁金香施肥,给树浇水。/帕特先生多么希望有个伙伴!/……他有热饼吃。/他有好茶喝。/他会讲美妙的故事。/帕特先生厌倦了孤单的生活。/帕特先生希望有一只猫。/……

对于儿童来说,他们还不知道什么叫"孤单"。假如没有画面,儿童就不能很好地建构"孤单的老人"的场景；假如只有一幅图，儿童也不能深刻地感悟到孤单的可悲。这本绘本有四幅画描绘了孤单的帕特先生：帕特先生凭窗远望；帕特先生独坐沙发；帕特先生扶锄发呆；帕特先生独对茶壶。这四幅画帮助小读者建构了一个孤独老人形单影只的生活画面，这是没有伙伴的悲哀，孩子们不能用语言描述这样的心境，但是相信他们能感受到压抑和不愉快。假如没有画面，一定没有这样的阅读效果。

图11 孤单的帕特先生

在这个故事的后半部分，帕特先生买到了一只猫，不用看文字，就看这些画面，看帕特先生丰富的表情，夸张的动作，我们就能感受到帕特先生的生活是多么快乐！

《帕特先生和塔比猫》系列绘本，多次被英语国家选编进语文教材，建议国内的老师和家长关注这套绘本。

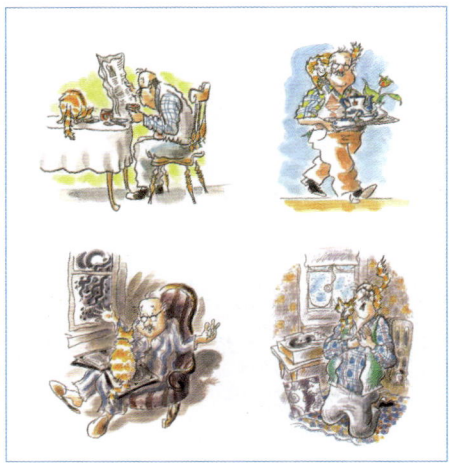

图12 快乐的帕特先生

（3）绘本是真正的儿童视角，主题贴近儿童真实的生活。

儿童的主要生活是什么？起居、游戏、交友、看病、购物、校园生活……故事体为主的绘本用具体的场景和精美的画面，描绘了儿童熟悉的生活。绘本的主角不是儿童就是小动物，小读者们有亲切感、熟悉感，对角色有认同感，能和故事里的角色发生心灵的共振。他们爱看，反复看，百看不厌，他们模仿故事中角色的行为模式、语言风格、兴趣爱好，最终他们的语言得到发展，价值取向得到熏陶。

相比之下，国内小学课堂上用的语文教材有一些主题不接地气，比如：传承优秀文化、歌颂道德楷模、描绘祖国山水，对低龄儿童来说这些主题都太抽象，孩子们的学习积极性和接纳度都受到限制。

下面，我们分主题来看看，好的绘本如何描述了儿童的生活。

① 游戏、交友

游戏是儿童最主要的活动之一，以"游戏"为主题的课文和绘本是最受儿童欢迎的。在《Treasures》和另一套同样深受追捧的美国教材《Scott Foresman》中，我们都能看到很多以"游戏"为主题的课文和绘本。

已经翻译成中文的绘本《和甘伯伯去兜风》《和甘伯伯去游河》深受低龄儿童的喜爱，正是迎合了儿童喜欢玩的天性。《莎莉，洗好澡了没？》《莎莉，离水远一点》，写的是小女孩莎莉在想象中的出游。《好脏的哈利》《哈利海边历险记》《哈利的花毛衣》描写的是一只爱玩的小狗，哈利就是淘气小男孩的化身，本书后文有带读案例。有意思的是，女孩子们也非常喜欢淘气的哈利呢！

交友，是儿童社会化的主要途径，因此也是各国教材和绘本中最常见的主题。《Scott Foresman》的分级读物系列中有一篇《一个好邻居会做什么？》的课文，课文内容是：邻居就是住你隔壁的人。/ 也可能住你对面。/ 当然，你也是别人的邻居！// 什么样的才算是一个好邻居呢？/ 好邻居见面会跟你打招呼，因为和你打招呼是件高兴的事儿。// 好邻居见面会对你微笑，微笑让人心情愉悦。/ 一个微笑能让你觉得很好。// 好邻居乐于助人。／帮助别人是件美好的的事儿。／互相帮助可以事半功倍。//……
这篇课文的一些配图如下：

图13 《一个好邻居会做什么？》插图

你看，图13中这些温馨的画面，朴实的语言，是不是在告诉孩子们，交际是件快乐的事情，鼓励他们多与人交际？

在已经翻译成中文的绘本中，系列绘本《幸福的提姆和莎兰》对交友的描述很让小朋友动心，这套书一共10本，就有4本是描述儿童交友活动的：《戴老头帽的哥哥》《来了一个新朋友》《我们的秘密基地》《出发！一起去寻宝》。阅读这些绘本，会让整天浸没在作业中的孩子对交友和出游充满了向往。

《戴老头帽的哥哥》讲的是：双胞胎小老鼠提姆和莎兰到海边姑妈家

去度暑假，姑妈的儿子乔尼，也就是他们的表哥，一直带着一只奇怪的老头帽，他们称呼他为"戴老头帽的哥哥"。乔尼很"酷"，很少说话，外表冷冷的，但是内心火热，他带他们拾贝壳，玩沙子，把地毯当雪橇，从山顶滑向大海。提姆和莎兰尽情地享受了海边的风情，度过了一个难忘的夏天。图14是这本书的几幅插图：

图14 《戴老头帽的哥哥》插图

如果你的孩子看到这样的画面，是不是会两眼放光，甚至会挣脱你的怀抱，像画中的小老鼠一样欢腾起来？

② 过节

节日是人们日常生活的重要内容，欧美国家的绘本中有大量以节日为主题的绘本，它们把宗教的教义、饮食文化、人情关系、礼仪规范都融入其中，最自然、最有效地实现了对儿童文化的熏陶。

《小饼干狗》系列中，小饼干和它的女主人逢父亲节、母亲节、感恩节、光明节、复活节……都将忙碌一番。

以万圣节为主题的绘本《万圣夜快乐》是这么描绘万圣夜的：

万圣夜是个让人害怕的夜晚。/ 孩子们穿着各种形状各种样子的衣服，戴上各式各样的面具，行走在街道上。/ 每个看着让人毛骨悚然的小怪物们都在寻找糖果，挨家挨户敲门，叫着"不给糖就捣蛋！"/ 有穿着连衣裙的，有戴着帽子的，有带上泰迪熊的，还有带上自己的黑猫的。/ ……

看着绘本中清晰精致的照片，以及一个一个生动搞怪的小精灵形象，哪个孩子不想去参与？万圣节文化就这么浸入了小读者的心灵。

图 15 《万圣夜快乐》插图

在系列绘本《幸福的提姆和莎兰》中有一本《欢乐的圣诞聚会》,也是给小读者很多阅读乐趣的故事。故事的大概内容是:

圣诞节到了,双胞胎小老鼠提姆和莎兰要去爷爷奶奶家过节。可是孩子们有点担心,万一圣诞老人看不到他们就不给他们留礼物怎么办?妈妈建议他们给圣诞老人留一封信:"圣诞老人,我们去爷爷家了。请您吃点儿点心,再喝点儿牛奶。"出门之后,妈妈想起忘带给爷爷奶奶的礼物了,让爸爸又回去拿了一趟。到了爷爷奶奶家,见到了叔叔婶婶,以及他们刚刚出生的小宝宝,全家享用了圣诞大餐,奶奶回忆了他们俩刚出生时候的趣事。聚会结束,在回家的路上,提姆和莎兰还是牵挂着圣诞老人的礼物,一进家门,他们吃惊地屏住了呼吸。圣诞老人来过了!壁炉旁边吊着两只大大的袜子,里面装满了礼物!点心和牛奶都吃光了,圣诞老人还有留言呢:"谢谢你们!"落款是:"圣诞老人"。他们好高兴啊!

这一家人留给圣诞老人的点心是谁吃掉了?带孩子们共读时我总是问

图 16 《欢乐的圣诞聚会》插图

这个问题，小孩子们都回答："圣诞老爷爷来吃的。"可是，四年级以后，就有人说了："不可能，世界上没有真的圣诞老人，那是童话！"是啊，那么是谁吃的呢？有人回答："是爸爸妈妈偷偷溜回去吃了。"有人回答："是邻居来吃了。"有细心的想起来了："出门的时候，爸爸回去拿过一次东西，是那个时候吃了！"对了，真聪明！

相比之下，描写中国传统节日的绘本数量极少，故事性差，人物没有时代感，不符合儿童的审美情趣，加之整个社会重视"洋节"，这些绘本的普及率比较低。曾经也有老师和家长希望我们更多地推广原创绘本，不得不说，中国和西方在绘本创作上有巨大的差异，我们的原创绘本在尊重"儿童性"上需要更多创新。

③ 上学

上学，是孩子们最主要的生活，上学途中有无穷的乐趣，校园里也有朋友、教师、员工、运动场，还有图书馆。

《Look Listen and Learn》的第41课讲的是小学生桑迪和苏珊上课

图17 《Look Listen and Learn》的第41课

迟到的故事,他们刚进校门,上课铃就响了,很不巧,还遇到了在操场上的校长!不过,校长没有严惩他们,只是让他们赶紧去教室。

我们在跟孩子们读这篇课文时,他们十分喜欢,因为迟到是他们生活中的常见事件,看到插图中苏珊和桑迪在校长面前害怕的样子,就跟他们自己刚刚经历的一样,让他们有种幸灾乐祸的快感,还有对校长宽容态度的羡慕,所以他们喜欢。

图18 《格林迟到了》插图

以"迟到"为主题的课文《格林迟到了》,也多次出现在英、美的小学一年级课文中。这篇课文的内容是:为什么今天格林上学迟到了?/他想去看看正在嬉戏的青蛙。/青蛙跳上跳下。/这让格林今天迟到了。//为什么今天格林放学回家迟到了?/他想去看嘎嘎叫的鸭子。/鸭子看见格林也很高兴。/它们嘎嘎叫着:我们喜欢你!

图18是课文的配图:格林在池塘边,欢快地观赏青蛙、鸭子。哪个孩子不向往这样的池塘?

《Treasures》有一篇一年级课文《上学路上》(On My Way to School),是一首韵律感很强的儿歌,描写的是上学途中的奇遇——由于有小猪、鸭子、猿猴的调皮捣蛋,主人公三次上学都迟到了!孩子们熟读这篇课文,不仅感悟了语言的韵律,还喜欢上

图19 上学路上

了上学之旅。

英国作家约翰·柏林罕还以"迟到"为主题创作了绘本《迟到大王》，也深受低龄儿童的喜爱，不过，这本绘本最合适的读者应该是老师和家长，后文将有详细介绍。

在我们国家的教材中，一般不会让有负面行为的人作为主角，至少也要让他们最后改好，这使得故事中的人物都是正面的、完美的，但是这和孩子们有距离。

有人担心，如果课文主角是经常迟到的孩子，孩子们学完课文后是不是就会都迟到了？其实，在中国大多数课堂里十分重视的"纪律"，欧美教材也十分重视，只是他们编写了更好的教材向孩子们传递纪律要求。《Treasures》三年级教材选用了绘本《狼》，四年级教材选用了系列绘本《亲爱的拉鲁夫人》中的一本《来自宠物训练学校的信》，都很好地向我们展示了如何进行行为规范教育。其中《狼》已经翻译成《一只有教养的狼》引进到国内，这是一本高品质的绘本，已经选用在我们这本书的带读案例中。

在欧美国家，图书馆是学校和社区的重要组成部分，是孩子们重要的学习场所，所以也经常出现在英文绘本里，本书后文有介绍的《图书馆狮子》《一只有教养的狼》，以及前文介绍的《小饼干狗》系列，都出现了图书馆场景，在此再介绍系列绘本《好奇的乔治》中的《好奇的乔治参观图书馆》。

《好奇的乔治》是美国 Houghton Mifflin Harcourt 出版社从 1941 年起推出的一套系列绘本，主人公是一只不断惹麻烦又总有好运伴随的小猴子，这套丛书被翻译成多国文字，在全世界的几代读者中都有广泛的影响。《好奇的乔治参观图书馆》描写的是小猴子乔治在图书馆里的好笑故事，讲的是：

乔治第一次到图书馆，他看到很多人都在安静地看书，但是在儿童书室，他看到故事员在大声地给孩子们讲故事。故事员身后有一本关于恐龙的书，乔治喜欢听恐龙的故事，于是坐下来等故事员讲恐龙的故事。可是他实在是缺乏耐心,一会儿就坐不住了,上蹿下跳,孩子们立刻乱了:"看,有个猴子!"故事员伸出手指放在嘴唇边:"嘘——听故事的时候不允许大声说话!"乔治再没有耐心坐着了,拿起那本恐龙的书就跑了。在书架上,他看到了写大象的书、卡车的书……他都喜欢,都想拿回家跟朋友们一起读,他要得太多了,结果弄翻了书堆、推跑了推车,全图书馆的人都来帮忙收拾残局。最终,他在志愿者的帮助下,办理了借书卡,借到了他喜欢的书。

小猴子乔治的离奇故事,满足了孩子们对图书馆的好奇——图书馆是个什么地方?那里有好多好多的书!图书馆里有什么人?有读者,有故事

图20 《好奇的乔治参观图书馆》插图

员,有小孩子,还有志愿者……人们在那里干什么?看书,听故事。怎么样才能借到书?要办借书手续。图书馆有什么规则?不许大声说话,一次不能借很多书,借书要办卡……这本绘本一定会激发孩子对图书馆的向往,对图书的热情。假如我们板起面孔跟孩子宣布这些行为规范,还有人愿意去图书馆吗?**行为规则教育,润物细无声。**

④ 看病

哪个孩子不害怕医生呢?《小格看医生》《第五个》《鳄鱼怕怕,牙医怕怕》等绘本都描述了主人公看病前后心情变化的过程,开始都很害怕,结果都很温馨,其实医生没有孩子们在去医院的路上想象的那么可怕。

在绘本《小饼干看医生》中,小饼干在医院体检时,医生亲切,小饼干配合,医生给它称了体重、量了腰围,听了心脏,检查了眼睛和耳朵,小饼干还乖乖地张开嘴巴让医生检查了牙齿!因为小饼干的乖巧,医生还

图21 《小饼干看医生》插图

奖励了它一块它最喜欢的饼干，离开医院时，它给了医生一个留恋的吻。

整篇故事充满了温柔、友爱，它给小读者一个暗示，医院是个很让孩子放心的地方，看了这本绘本，小朋友们对医院的恐惧会大大下降，建议家长们带孩子去医院时可以拿上这本书。

因为绘本在语言、画面形式、内容、主题等方面的这些特征，符合儿童的认知规律，受到儿童的欢迎。语文教科书经常是媒体、大众热议的话题，为什么会这么受关注？我觉得主要是现在的教科书还缺乏真正儿童视角的画面、内容、主题，为什么我们不用绘本呢？

图22 菊园小学四年级小女孩读完《大脚丫跳芭蕾》后情不自禁地翩翩起舞

第二章 绘本应该如何读

一 你的阅读观正确吗？

很多人以为，自己有高学历，给孩子读书还不会吗？大不然！

我的学生拍摄了许多父母（各种学历、层次）和学前阶段幼儿进行亲子阅读的过程，对这些家庭阅读过程的分析表明：家长们普遍不懂得如何进行亲子阅读，主要表现在以下几个方面：

1. 以为读书就是识字。

大多数家长带孩子读书的过程完全是照本宣科，几乎没有语气、语调、表情，经常在读书过程中停下来问："这个字我教过你的，记得吗？怎么念？"孩子们不怎么能回答这类问题，家长就不高兴了，数落几句，再接着读。

有位母亲不肯给孩子念书，强调说："这些字你已经都认识了，你应该自己能念了！"可是孩子不愿意念，母子俩僵持很久，一本好书在面前就这么错过了阅读的机会。

其实，"识字"与读懂"由字组成的句子"之间还有十分遥远的距离。比如，孩子很小的时候从"小河的水很深"中认识"深"字，但是，他要等到以后才能懂得"深厚的感情"和"深刻的道理"的"深"，因为"深"有多个义项，多个义项的难度是不一样的，小孩对不同难度义项的掌握有个过程，认识了不等于就能读懂了。

2. 每读一个故事都要说出个道理。

绝大多数家长都有语文教育的"后遗症",看到一个故事就想挖掘内涵:"这个故事讲了什么道理?""以后你也不能撒谎,知道吗?""你要爱劳动,知道吗?"事实上,在幼儿园小学阶段,儿童还没有抽象思维能力,对"道理"没有感受力,也没有能力自己总结出"道理",阅读可以帮助他们拓展生活阅历,欣赏故事中角色的行为,模仿故事人物,获得正面的人生体验。到了青少年期,他们才会在大量阅读和社会交往的基础上,慢慢悟出一些"人生道理"。在此之前,都是观察式学习、体验式学习,不能直接学习"道理"。

前文提到过的《好奇的乔治参观图书馆》,孩子通过阅读这个故事,了解了图书馆里有故事员、志愿者,借书要办借书卡,一次只能借三本……这是我们成人想让他懂得的道理,但是这是隐性的目标,不能变成显性的教学目标,一个小孩是总结不出来的,所以也不能逼他说出来,但有这样的一个阅读体验就行了。后文带读案例中讲解的《一只有教养的狼》里的狼,它是通过别的动物对它的态度得知自己行为效果的,之后,为了获得伙伴的友好态度,它不知不觉地就采取了有教养的行为模式了,而不是由妈妈直接告诉它什么叫有教养后自己变得有教养了。

如果一定要强调读书的教育意义,故事里的句子就是亲子之间的共同语言。亲子读书多的家庭一定有这个体会,拿书中的人物说事,和孩子沟通要顺畅很多。比方说有个男孩旗旗,熟读《肚子里有个火车站》,他不肯喝水时,只要爸爸说一句:"小精灵要从天而降的雨。"他立马喝了。如果他只肯喝一口,爸爸:"小精灵那么多,雨不够分。"他就会再喝几口。

3. 家长不懂得读图的重要性。

由于儿童对视觉形象更敏感、更喜爱,他们对图画书的画面十分感兴趣,他们眼睛盯着画面:"这儿有个兔子!""这里有老虎!"很少有妈妈认可孩子这样的观察力,而是"啪"打一下孩子的手:"别动!好好听妈妈讲故事!"如此几次,孩子就兴趣索然,表情呆滞,环顾四周,妈妈们又急了:"别开小差!听故事!"

读图,是儿童发展观察力的重要途径,也是儿童审美情趣发展的必经过程。中国传统教育理念忽视对视觉艺术作品的欣赏与教育,很多成人对美术作品的评价只有一种标准:"像"或者"不像"。后文将列举一些优秀的绘本,引导读者来欣赏。

4.不懂得如何与孩子互动。

也有部分家长意识到,在读书过程中应该和孩子互动,但是很多人经常问一些封闭式的问题:"对不对啊?""小兔子脚上的套鞋,我们家也有的,对不对啊?"孩子能做的回答就只有点头了。其实,这样的问题几乎没有给孩子自己动脑、自己练习说话的机会。假如,我们和朋友聚会,有一个人总是霸占着话语权,别人没有插嘴的机会,时间长了,大家就不愿意跟他聚会了,只有大家都有说话的机会,才能让我们体会到聚会聊天的乐趣。

很少有家长关注孩子读到了什么,孩子对书中什么元素感兴趣,家长们不愿意回答孩子提出的问题(有的时候是没有智慧回答),他们不接纳孩子离开"主题"的联想和想象,"你想到哪里去了!""你别扯那么远,你说一遍给我听听!"家长们缺少跟孩子一起天马行空、进入想象世界的能力。大多数家长都应该向本书介绍的《最最喜欢的野餐》中提姆和莎兰的父母学习,跟随着孩子进入他们的童话世界。

二 家长们关于阅读的疑惑

我每次做阅读讲座之前，都会先问问听众有什么疑问。很有意思，任何一场讲座，家长们的问题都差不多，大致这么几类：

1. 阅读能提高成绩吗？

我的回答是：肯定能。阅读能开阔孩子的眼界，提高孩子的观察力、理解力、想象力、创造力，这些能力提高了，学习成绩当然会提高。更重要的是，一个人的精神的启蒙往往源于阅读，文学阅读能提高孩子对他人情感的理解能力、对世事是非的判断能力、应对人生挫折的抗挫能力，等等。

儿童读书的时候，一般会把自己投射为书中的正面人物，比如，读《图书馆狮子》的时候，他们自然地就倾向于麦小姐，憎恨马丁先生；读完《长大做个好爷爷》，会有孩子由衷地自言自语："我长大要做个好奶奶。"这种不由自主说出来的话，就是小读者对角色的认同、对故事主题的感悟。这种认同熏陶了他们的审美倾向、培养了他们的价值观。那些走歪了人生之路的孩子，有多少是因为智力不足呢？——都是因为价值观、审美倾向出了问题。

2. 为什么要家长反复讲同一个故事？什么时候能自己看书？

就语言能力来说，能一句一句地复述，以及能完整地复述故事，这两种活动在能力的要求上是不同的。就像我们学外语的时候，先会给句子的某个成分填空，接着会说句子，然后会说一个段落，最后才是一个完整的故事。

我们成人看故事，希望知道故事情节，但是儿童听故事，最重要的是输入符合语法的母语句子，这不是听几遍就能解决的。所以，低幼儿童喜欢反复听熟悉的故事，因为听熟悉的故事他们有预见力，参与感强。等到他们的语言能力能自由复述、自由对话了，他们就自然会追求故事的新异性了。到那时,他自己看书也就水到渠成了。

3. 图画书对识字的孩子是不是太简单了?

经常有家长跟我说,我的孩子都已经上小学了,你推荐给我的都是有画面的书,太幼稚了。还有小学语文教师对带小朋友读绘本的志愿者们说,你们带来的书字太少了,我平常不允许他们读这种书,我

图1 《父与子》之《爱犬难舍》

要求他们到图书馆借阅字多的书。可是，当我拿出《父与子》，翻到《爱犬难舍》，问他们："请您给我们讲讲这幅画讲了一个什么故事？您认为几年级的孩子能读懂这幅画？"他们往往面露尴尬的神情。

大多数人都不能完整顺畅地理解《爱犬难舍》的进展逻辑，第③幅中，父亲在对另外一位先生说什么？有人说把狗送给他去打猎，那为什么还要给他钱？第⑤幅，他们想要把狗要回来，那为什么要装成蒙面大盗？我们调查了几所小学五年级的学生，只有极少数人在反复观察之后能判断故事的大致趋势，但细节上还有很多不能解释的。比如，有人说第①幅是父子俩买了一只狗；有人说第⑧幅上蓝衣服的先生手里的两枚硬币来自第①幅和第⑦幅……

读图是一件很不简单的事情，从图①到图②之间发生了什么？画面上有哪些线索？如何根据人物的表情和身体姿态判断人物的内心活动？这都需要一定的观察力、判断力、推理力。

我们受香港陈一心家族基金会的委托，到合肥市包河区调研，比较参加与不参加"石头汤阅读联盟"的孩子叙事能力的差异，结果发现：每周读绘本、讲绘本的孩子，叙事能力明显强于不参加阅读活动的孩子。叙事能力强的具体表现就是：叙事结构完整，有头有尾，人物关系清晰，主题贴切，线索连贯，内容丰富，有对话，有场景，有复杂的时间标记词，词汇水平高，有更多的形容词、复杂句……

事实上，在整个童年期，儿童认知加工的优势通道是视觉信息加工。由于缺乏生活经验，仅仅是书面文字还不能在大脑中建构相应的画面。比如，看书看到一句话"狼在上游喝水，羊在下游喝水。"要理解这个句子，儿童脑中要有"狼""羊"的形象，还必须要懂得"上游""下游"的意思，如果不满足这两点，这个句子就无法完整理解。可若是看图画书，这个画面感就可以轻松建构起来了。

在儿童还没有能力根据纯文字建构意义之时，好的绘画作品能帮助儿

图 2 《公园里的声音》插图

童感受人物的情感。以《公园里的声音》中的两幅画面为例：

即便不识字的孩子，也能从左边一幅画面感受到紧张压抑的气氛，从右边一幅画面感受到祥和宁静的氛围，因为嘛……请看远处的树林！

4. 孩子作业负担重，没空读闲书怎么办？

在现行的教育体系里，课堂上的教学任务、课后的作业任务，对孩子来说，大多是记忆任务，也就是说，只用到了孩子大脑的记忆区域，很少用到其他的脑区如感知、判断、推理、情感……单一而长久的学习方式，学习效率并不高，学习兴趣必然低弱。有不少教师无力教会孩子写作文，逢大考之前要求家长帮助孩子准备几篇作文，背诵并默写 3 遍以上，到考场上再默写一遍。很难想象，这样的作文教学模式怎么让孩子们爱语文、爱作文？

我们选择推荐的文学作品，都是简短的、凝练的，用我们提倡的"互动式分享阅读"模式阅读精美的儿童文学作品，每周只要一节课，根本不用复习，孩子们就能记得牢牢的，而且运用自如。我们多次听到孩子们自发地用绘本中的句子和人物说话，比如，做笔记时用《葡萄》中狐狸的句子"我当然飞速记下"。表达文明礼貌时，他们会记起《一只有教养的狼》。老师要求回家做家务时，他们就搬出了《朱家故事》里的爸爸……

如果自幼抓起，每周花半个小时到一个小时阅读这些文学作品，到

15岁就已经阅读了几千本优秀儿童文学读物了，一个脑子里储存了那么多文学故事的孩子，有那么多准确的母语储备，我们还用担心他写作文用词不当、情感理解能力差、知识面狭窄、审美品位低吗？

5. 我的孩子已经上小学了，还能读你们推荐的绘本吗？

好的绘本是老少皆宜的。同一个故事，不同年龄的人读到的是不同层次的内涵，只要喜欢，只要能打动读者，就是好的读物。

以《让孩子爱上阅读—互动式分享阅读指导手册》（上海人民出版社2013年出版）中推荐过的《我的爸爸叫焦尼》为例。书中主人公的父母是离婚的，但已经是五年级的小朋友读到最后也不能准确地判断狄姆的父母之间的关系，然而一个五岁半的男孩却可以感受到书中人物的悲伤心情。请看上海师范大学教育学院李海林教授给5岁半的儿子讲《我的爸爸叫焦尼》的日记：

…………

念到孩子与爸爸告别的时候，我看见儿子的眼泪掉在桌子上，他用手把桌子上的眼泪擦掉了。我猜是有点不好意思。

我继续念，因为也很动情，眼泪也流了下来，声音有些哽咽。儿子是背对着我坐在我的怀里，他是看不到我的眼泪的。他就用手来摸我的眼睛，我猜他的意思是看我是不是也流眼泪了。

念完后，他坐着不动呆了一会儿，很短，大概一分钟之内，然后就走出书房。我过了一会儿也出去，看见他靠着沙发坐在客厅地板上。因为念故事之前他在玩他最喜欢玩的玩具，所以我说"我们一起来玩吧"，他说："你还有心思玩吗？"

后面差不多半个小时，没再说这本书的事。他爷爷要走了，他在门口送爷爷，还说了声"再见"，然后把门关上，转过身，突然问我："爸爸你怎么哭了呀？"我说："他爸爸要离开自己的孩子，心里很难过。我心里也难过呀。"

我问儿子："他爸爸这么舍不得离开孩子,那为什么他非要走不可呀？"

儿子显然事先没想过这个问题，想了想说："他爸爸可能要出国吧。"语气不是很肯定，是猜猜的意思。

我问儿子："你觉得哪个地方最让人难过？"儿子回答："就是他跟他爸爸告别的时候。"我又把这一页再念了一遍，问他："是哪一句话让你觉得最难过？"他没有任何迟疑，指着最后一句说："他爸爸的手变得越来越小。"

《我的爸爸叫焦尼》篇幅偏长，故事的表述比较隐晦，5岁半的孩子想不了太多，但是已经懂得了这本书最基本的情感——忧伤，并且能在画面的帮助下，建构了一个动态的场景：火车远去，爸爸的手越来越小……

在这个平常的晚上，一个5岁半的孩子，和爸爸分享了另外一对父子的忧伤故事，他还看到了自己爸爸的忧伤——爸爸也哭了。更难能可贵的是，他沉浸在这种忧伤的心境中半个小时，还责怪爸爸："你还有心思玩吗？"他真的懂得了忧伤。

所以，《我的爸爸叫焦尼》，5岁半就可以读了。

有一次我在上海电台做节目，一个父亲电话打进来。他的儿子叫多多，8岁，上三年级，他们父子一起躺在床上读《我的爸爸叫焦尼》，父子俩读得泪流满面。这位父亲说，儿子已经大了，可能不久的将来就不肯这么依偎着爸爸读书了，所以他很珍惜也很享受和孩子读书的时光。当时我说：我要向这位父亲致敬！因为，享受读书，享受和孩子的亲密相处，已经是这个时代不多见的一种心态了，他们是精神的贵族。

当然，稍大一点的小学生，读到的就不仅仅是忧伤了。他们还有更多的疑惑，请看一组四年级学生的读书过程：

学生们读到第2页就提出了问题：

一个学生问："为什么妈妈不陪他一起等爸爸？"一个学生答："他妈妈想锻炼他的胆量。"另一个学生答："他爸爸妈妈吵架了。"

又一个学生有了疑点："人家都有行李，他爸爸为什么不带行李？"

有人观察到了一个事实:"他爸爸跑得飞快!你看,围巾都飘起来了!"

老师并不多做解释,任由他们发表各自的见解,然后说:"我们往后看!"

一个人问:"狄姆和那个大哥哥就住在同一幢楼里,为什么还要跟他说'这是我爸爸'?"有人回答他:"大概是妈妈和狄姆先搬来了,妈妈先整理一下住房,爸爸还没有搬来。"

一个人问:"爸爸为什么不住一天,第二天再走?"有人答:"大概爸爸和别人约好了要出去旅游。"立刻有人反驳:"旅游没有那么重要,爸爸肯定是要加班。"

又有人提出了一个问题:"爸爸为什么不坐飞机来?" 有人答:"坐火车可以看风景。"有人说:"坐飞机就不能在站台上告别了。"有人反对:"坐飞机可以在廊桥上告别。"

……

如果用语文教学的视角来看孩子们的讨论,有点偏离主题,但是,这就是他们的阅读感受,请尊重他们的阅读感受。就像我们看电视剧,也许我们最关注的不是电视剧传播的"核心价值观",姑娘们看到的是女主角的时尚服装,家庭妇女看到的是室内布局,老婆婆看到的是健身方法……

假如我们接纳任何人表达任何读后感受,而不是有一个预设的"阅读目标",那么,好的书一定能给读者带来阅读的快感。好的书就是不分读者年龄的。

6. 我的孩子特别淘气,不喜欢读书,怎么办?

遇到说孩子不爱读书的家长,就请参照前文论述回答几个问题:是否在孩子很小的时候就带他(她)读书?是否陪同孩子一起读书?是否和孩子一起分享读书的快乐?还是总是拿书里的故事训斥孩子?家长在闲暇时自己是否也读书?家里是否有相当数量的儿童图书?一般情况下,相当多的家长经不起这几个简单问题的询问。接下来我会告诉他们:请用我们推荐的"互动式分享阅读"试试看,保证您的孩子从此爱上阅读。

三　选书是个技术活儿！

不是任何一本童书都适合自己家里的孩子的，也不是别人的孩子喜欢的书就保证能让自家的孩子喜欢。选书一般应该符合下列标准：

1. 人物数量不要太多。

儿童年龄越小，注意力持续时间越短，注意广度越小，故事人物数量控制在三到六个为最佳，幼儿园阶段，三个人物就可以了；在小学阶段，六个人物就足够多了。人物少，孩子可以快速抓住人物角色，不致发生混淆，他们对故事的兴趣也会更高。

2. 情节要简单。

整个故事中只涉及一个主要事件或者中心思想最佳。儿童难以理解复杂的故事情节，他们一旦失去兴趣，就几乎不可能重新回到故事中来。

3. 话题应该为孩子所熟悉。

故事里的人物、场景、用具、生活方式，若和孩子有某种联系，孩子更喜欢这个故事，所以要尽可能让孩子接触故事中的一些元素。比如，圣诞节前后讲《欢乐的圣诞聚会》（见《幸福的提姆和莎兰》系列）更让孩子们感兴趣。再比如，当故事涉及蓝莓时，要确保孩子理解蓝莓是什么，长什么样子，并且最好提供机会让孩子观察并触摸蓝莓，了解一些关于其生长和用途的知识。当孩子熟悉故事中提到的物品时，他们更容易集中注意力。

4. 故事里的语言是押韵的。

低龄儿童处于口语学习的关键期，押韵的故事更容易吸引孩子。押韵的故事有助于发展孩子们重要的语言和学前阅读技能，比如倾听、集中精力、识别押韵的单词并预期每个诗节的结尾。老师和父母应利用押韵故事的这些所有特殊的"副作用"，最初是读给孩子听，熟悉了之后让孩子"填空"——成人说前半句，孩子接后半句。

5. 故事的可预测性以及意外的结尾。

低龄儿童喜欢自己可以预测的故事。当孩子知道或者容易猜到接下来发生的情节时，他们可以从中感受到一定的"力量"。另一方面，孩子们喜欢令人意外的结局。当你反复阅读时，他们甚至更加喜欢。比如，《胆小鬼威利》有个令人意外的结局：威利经过努力，战胜了胆小的毛病，得意地走在大街上，不小心"嘭"撞在电线杆子上，"哦，对不起！"——威利又露出了胆小鬼的本性！很多孩子要妈妈一遍又一遍地讲这个故事，当书翻到最后一页的时候，激动人心的时刻到了！孩子瞪大了眼睛，凝神关注等待妈妈读出"嘭！哦，对不起！"孩子高兴得哈哈大笑，每天要如此反复好几遍！

6. 插图要清晰。

清晰的插图有助于澄清故事，又小又挤的插图难以辨认，需要父母花时间给孩子解释每一张图片的内容。和孩子一起欣赏画面，是培养儿童观察力的好机会，低龄儿童还不善于根据画面作综合判断，比如：根据服饰判断季节，根据动作判断人物关系。此时需要成人给予引导。若画面太复杂，超过了儿童认知加工的广度，儿童就会放弃关注。我曾经遇到有幼儿园的教师说，《爷爷一定有办法》对中班的孩子来说太幼稚了。错了！这本书语言简单，句子重复，适合小班和中班的孩子。但是这本书画面复杂、人物繁多、时间跨度大，都不是幼儿园孩子能承受的，至少也是小学二年级以上的孩子才能充分观察画面，并享受发现的乐趣。

7. 故事长度合适、叙述节奏明快。

故事的长度要和孩子的年龄匹配，根据孩子注意力保持的时间选择故事，孩子对于长故事容易失去兴趣。

叙述节奏和叙事方式也是需要考虑的重要因素。故事的进展不能拖沓，按照时间顺序讲述故事，不要那些倒叙、插叙、补叙的故事，这些形式的作品需要儿童更强大的心智加工能力，换句话说，这些不按照时间顺序叙述的故事让孩子更累，更可能放弃阅读。

四　如何欣赏绘本？

说起绘本，不仅普通人群中大多数人都认为是低幼读物，不少学术论文也将绘本定义成"适合 2~6 岁儿童的读物"，所以很多研究绘本创作和绘本教学的文章都发表在《学前教育》等杂志上。事实上，欧美国家和亚洲的日本，绘本经常出现在小学甚至中学的教材中。日本作家新美南吉和绘画家黑井健合作的《小狐狸买手套》在日本家喻户晓，入选了小学语文课本，翻译成中文后也受到中国读者的万分喜爱。

绘本中的图画具有相当大的艺术价值，色彩的明暗、线条的曲直、文字排版形式的律动，无一不对绘本的主题发挥着重要的作用。一本好的绘本，就像一个电影短片，有台词，还有镜头、灯光、布景的运用。优秀的绘本作者都很善于运用分镜头语言。

绘本，一般有封面、环衬、扉页、正文、封底等几个组成部分，大多数普通读者都只注意正文部分，其余几个部分都忽略了。其实，就像一部电影，片头、片尾都起着十分重要的作用，好的片头曲、片尾曲能带动电影的传播和跨时代的流传。下面我们分别介绍这几个部分。

1. 封面

很多书的封面和封底，可以连起来欣赏，您发现了吗？

2. 环衬

在封面和书芯之间的那面叫前环衬，封底和书芯之间的那面叫后环衬。

图 3 《进城》的封面与封底

图 4 《凯琪的包裹》的封面与封底

我观察了很多人阅读绘本的过程，几乎没有人关心环衬，那真是太可惜了，因为，环衬有很多的奥秘呢。

图5、图6是《凯琪的包裹》的前环衬、后环衬，分别画着美国梅菲尔德市一条大街的两年前和两年后的街景。这本绘本叙述的是二战之后荷兰的一个小镇上发生的故事，战后物资贫乏的居民受到美国梅菲尔德市居民源源不断的资助，居民们走出战后困境，给美国的好心人寄去了郁金香球根。整个故事发生在荷兰，前后环衬却是美国的街景。不仔细看，好像前后环衬没有差异，仔细一看，顿时让人心生暖意——两年后的院子里开满了郁金香！这两幅画不起眼的差异，最好地诠释了"予人玫瑰，手有余香"！

本书中介绍的《一只有教养的狼》，其前后环衬也很耐人寻味。至于《迟到大王》，环衬中的"也不可以把手套弄丢"渐渐演变为"也不可以把手套弄去"，读者您发现了吗？作者利用环衬捎带讽刺了教师的常见惩罚措施"抄三百遍"，当读者发现这个"秘密"时，都忍不住会心一笑。

图5 《凯琪的包裹》前环衬

图6 《凯琪的包裹》后环衬

3. 扉页

扉页，又叫书名页，很多读者都不关心扉页，其实，很多故事就是从扉页开始的，如《葡萄》《团圆》，以及本书介绍的《好脏的哈利》，故事都是从扉页开始的。特别是《好脏的哈利》，别出心裁的双扉页！就像看戏的时候，主角在开场锣响的时候马上出场，给我们什么感觉？那可是一个按捺不住的角色呢！

4. 正文

绘本的正文部分，从色彩到构图，都有无穷的秘密。

图7来自绘本《大猩猩》，左图是安娜和爸爸吃饭的场景，右图是安娜和大猩猩吃饭的场景，两个画面给我们感受大不相同吧？

图7 《大猩猩》插图

左图的背景都是机械刻板的格子图案，暗示了爸爸的刻板个性；爸爸的脸色苍白，暗示了爸爸的冷漠；小女孩的衣服是红色的，暗示了小女孩内心对父爱的热切渴望；桌面上的食物简单，这与右图桌面上丰富的食物形成了鲜明对比。右图的背景是柔和的鹅黄色墙纸，上有鲜红的樱桃图案；餐桌上餐具也是暖色调的。小女孩梦中在玩具大猩猩的陪伴中，经历了一次温馨的出游。大猩猩成为父爱的替身，作者用颜色和构图等绘画语言表达了小女孩对父爱的渴望。

绘本有独特的叙事节奏，这是其他文学作品形式所没有的。例如，《一只有教养的狼》，为什么画面一会儿是黑白的，一会儿是彩色的？读者们，你们发现是什么原因了吗？再翻一遍，想想……对了！只要大野狼在学习，画面就是彩色的！哪个小朋友不喜欢彩色的画面呢？爱学习的大野狼多么讨人喜欢啊！也许孩子们说不出这个道理，但是……孩子们不知不觉地就喜欢上了爱读书的大野狼。

读过这本书之后,有小朋友是这么劝同学的:"你别调皮了,还记得有教养的狼吗?"绘本对孩子的教育作用是隐性的,连读者自己也意识不到。儿童的倾向、喜好、价值观就这样形成了。假如一定要强调绘本的教育意义,那么教育就是这样"润物细无声"地完成了。

5. 封底

看完正文,欣赏完后环衬,合上书,别急,阅读还没有完,封底还有故事的余韵。请看:

《团圆》是一个关于爸爸回家过年的故事,正文部分描述的全部是爸爸在家的三天里的故事,结束的时候是"我"和妈妈目送爸爸乘坐的大巴驶向远方。封底的场景显然是在工棚,爸爸带去了新照的全家福,故事时空大大延展了,爸爸对家庭的感情表现得更深了。

图8 《团圆》封底

《迷戏》讲的是1937年发生在秦淮河边的故事。之前,秦淮河边的人们过着宁静悠闲的生活,可是日本军队占领了南京,很多家庭毁于战火,人们流离失所,再不能听戏了。书的封面上有很多乐器,封底

图9 《迷戏》封面、封底

上却大多是京剧里的道具兵器，封面封底连在一起，很好地阐释了故事的主题：战争毁灭文化。

所以亲爱的读者，以后看绘本要慢慢看细细品喔！

五　写给家长看的绘本

很多人都以为绘本是给低幼儿童看的，错了！很多绘本低幼儿童是看不懂的，比如《躲猫猫大王》；有一些是低幼儿童看了以后不能有共鸣和深刻感悟的，比如《小恩的秘密花园》；有一些是给青春期以上的人看的，比如《我等待》。还有一些童书，描写的是儿童，读者对象却是父母，在

图10 《小真的长头发》插图

这里介绍几本更适合给父母看的绘本。

1.《小真的长头发》

这本绘本描写的是一个留着短发的小姑娘小真，向另外两个长发小女孩描述自己的头发将长得有多长。

小真未来的辫子有多长呢？能钓鱼，能套牛，能晒衣服……将有十个妹妹帮她梳头！多么富有创意的想象！一个齐耳短发的小姑娘，对长头发的畅想，深深地吸引了两位女伴，她们连声说"太好了！"最后三个人心满意足地散去。

假如我们的孩子这样聊天，家长们会怎么说？"吹牛！""别侃大山了，练琴去！"可是，要知道，这样的伙伴交往，对儿童心理的发展有多么重要啊！首先，孩子的愿望得到了替代性满足，其次，孩子用自己的语言表达了内心的愿望，这样的语言训练、交际经验，是儿童社会性发展的最好途径。

还有，请注意这本书色彩的运用。现实世界都是黑白的，而想象的世界都是彩色的。

2.《迟到大王》

一个孩子总是迟到，因为他在上学路上经常遇到奇异的事情。他总是被老师惩罚。最后一次，他没有迟到，老师却被大猩猩抓到屋顶上去了。老师向他求援，他却用老师平时对他说话的口吻说："这附近哪里会有什

图 11 《迟到大王》插图

么毛茸茸的大猩猩！"自顾自走了。

　　学前阶段的幼儿大多很喜欢这本书，首先，男主人公"约翰派克罗门麦肯席"这个怪诞的名字就让孩子们很新奇，其次，男主人公在上学路上的各种奇遇也满足了孩子们对奇迹的期待。但是，当孩子们长大之后想"懂"这本书的时候，就不懂它说的是什么了，小学阶段的孩子们困惑于是否真的有鳄鱼、洪水、狮子……不少家长认为这本书讲的是一个撒谎的孩子，而且报复心还挺强，不好。

　　我们要用儿童心理学的知识解读这本书。如果一定要从"写实"的角度理解这本书，那可以理解为这样一个故事：一个孩子在上学路上由于贪玩迟到了，等他意识到迟到了的时候，由于对老师的恐惧，内心渴望有一个理由能帮他解释他迟到是由于一个客观原因而非自己的错。学前期儿童有一个心理特点：想象和现实不分，于是他把想象的事情当成了事实并向老师作了解释。强势的老师不理解、不分析儿童的心理，给予了简单粗暴的惩罚。惩罚的效果好不好呢？我们看环衬中孩子受罚重复几百遍的"我不可以说有鳄鱼的谎，也不可以把手套弄丢"就明白了。最后一幕，老师被大猩猩捉到天花板上去了，孩子给了老师一个淡定的拒绝，潇洒地转身而去——这是孩子内心在报复老师，不是吗？我们小的时候，被人家欺负了，在内心幻想着等自己的大哥大姐来了，狠狠地报复对方，这样的想象很好地修复了受伤的自尊心。等到真的有机会报复对方的时候，已经没有报复的愿望了。这就是人类自幼就有的心理保护机制。没有这样的保护机制，我们就不能健康长大了。

　　从画面看，这是一本儿童视角的书，那位带着博士帽的老师，长着一张与鳄鱼一样的嘴巴，弯下腰的庞大身躯，压在弱小的孩子上方。当老师暴怒的时候，犹如一座大山，这对一个幼小的孩子来说是多么恐惧！

　　其实，这本书最合适的读者不是孩子，而是老师和家长。当我们长大之后，我们已经忘记了自己的童年。让我们跟着约翰派克罗门麦肯席回到童年，让我们善待弱小的生命。

3.《莎莉,离水远一点》《莎莉,洗好澡了没?》

这是同一个作者创作的主题和风格完全一致的两本书。

《莎莉,离水远一点》写的是莎莉的爸爸妈妈带莎莉去海边休闲。这本书分两条线索在左页和右页分别展开。左页是妈妈在唠叨:"不要踩到脏东西。""不要摸那只狗。"……右页是莎莉沉浸在自己的想象里:她带着她心爱的狗,进行了一次刺激的冒险旅行——遇到了海盗船,大战,带着寻宝图跳海,挖到宝藏……

类似的,《莎莉,洗好澡了没?》中,左页是妈妈在唠叨:"你应该常洗澡啊!""你看看,你把衣服丢了一地。"……右页是莎莉的心思已经飞向了遥远的中世纪古城堡:她通过下水道离开了家,出了城,遇到中世纪的骑士,进入了古城堡,和国王与王后打了一仗,赢了……妈妈在浴

图 12 《莎莉,离水远一点》插图

图 13 《莎莉,洗好澡了没?》插图

室外大叫:"怎么弄的,到处都是水!"

哈哈,我们读者都知道,莎莉在浴缸里,在和想象中的王后打仗呢!

现在,很多家长把孩子的学习时间都排得满满的,不给孩子的头脑自己休整、想象的时间。孩子面对成人掌控的世界很无奈,他们有自己的心灵世界,他们需要满足自己的愿望。很多人都质疑,为什么我们的孩子没有想象力?但是同时又在拼命往孩子脑子里塞知识。孩子的大脑不是一个储物箱,它是一个有独特需求的独立的灵魂,不要企图完全占据孩子的时间和心灵,就像别人也占据不了我们的心灵一样。在成人中,有很多人面对开发商的样板房幻想着:我要是有这么一套房子,我就在这里摆一套沙发,那里打一排书橱……孩子也需要想象一次冒险之旅!

与《小真的长头发》类似,这两本书的左页色彩很淡,右页色彩丰富,色浓度很高,作者通过色彩的差别告诉我们:儿童的心灵世界比我们自以为是的唠叨要丰富迷人得多!

读了这几本书,希望我们的家长留一些时间给孩子做"白日梦"吧!

六 互动式分享阅读——我们的阅读理念

我们提倡用"互动式分享阅读"方法陪孩子读书。

所谓"互动式分享阅读"包含两层含义:成人儿童之间随时互动以及儿童之间自由地分享自己的任何瞬间感受。具体说来,老师或家长用开放式的问题引导儿童阅读精美的绘本,阅读的过程就是成人和儿童互动的过程;儿童可以小组为单位,也可以以班级为单位;儿童可以随时与成人或伙伴分享自己对作品的理解、联想、感悟。读后,儿童可以根据各自的意愿以复述、表演、绘画、写作等多种形式回顾所阅读的作品。

现行的教育体系中,教学组织形式大多是 40 人左右的班级,课堂时间大多是教师讲解课文。即使有一些师生互动,老师提的问题大多也是封闭式的,班级里永远只有一部分学生参与师生互动。老师讲解的重点是课文的立意、作者的意图，学生的认知活动主要是记忆。没有人关心孩子读到了什么，老师强调的是"这个是要考的，你们要记住！""考试的时候绝对不能这么说！"如此的培养模式，造就了大批文笔能力极低的大学生，词汇贫乏、语法不通、叙事要素不全是普遍的现象。很多人到大学毕业，连个自我介绍都写不好，面试的时候都不能落落大方地回答问题。我每年收到很多联系报考研究生的考生邮件，大约有一半的邮件需要我再回邮件追问详细信息。今年夏天，一位考生来邮件联系考我的博士，信中主要内容是描述自己的性格优势和继续深造的决心，我不得不回信问："请问尊姓大名？是男是女？您说已经工作了一年，在哪个单位高就？"

互动式分享阅读给儿童表达自己的机会。读一本书，不必关注老师心中的标准答案，可以随时随地表达瞬间的感受，同时也需要倾听别人的想法，跟随着一个个开放式的问题进行判断和推理。这样的读书方式，有几个好处：第一，大量优秀文学作品的朗读，给儿童输入了标准的语言。第二，提供了同龄儿童相互交流、相互促进的能力和习惯，老师和家长已经离童年时代很遥远了，他们并不知道儿童关注什么，对什么感兴趣。第三，培养了倾听他人说话的机会。独生子女一代，儿童享受惯了长辈的关心和照顾，没有倾听习惯的孩子不在少数。学会倾听，学会关注他人，已经成为现代儿童必须要补的课。第四，没有标准答案的约束，孩子们参与感更强，积极性更高，注意力保持得更久。下面介绍互动式分享阅读的几个要素：

1. 用开放式的提问推进阅读的进程。

带领儿童进行互动式阅读，最重要的一个"技术要领"就是开放式的提问。可以这样问：

你们以前遇到过这样的事情吗？

你们遇到这种情况的时候是怎么做的？

你们小时候这样玩过吗？

你们是怎么玩的？

你们害怕的事情是什么呢，说给大家听听吧？

你们害怕的时候是怎么做的呢？

你们说说哪些人最有爱？

上海市闵行区明强小学的四年级学生，在跟着大学生读了一个月的绘本之后，主动提出了一个要求：每次阅读课，读一本大学生带来的绘本，读一本他们自己带来的绘本。以后，每次阅读课都会看到让我们激动不已的场景：一个孩子，拿着一本从自家带的绘本，有模有样地带着一组小朋友：

"读这一页，预备——齐！"孩子们很听话，齐声朗读一遍。

"小老师"并不着急往后翻："谁说说看，老奶奶为什么这么说？""谁猜得到最后是什么结局？"

孩子们有模有样的分享式阅读，让人忍俊不禁。在应试教育体系内，学生这么主动学习的情景，恐怕不多见吧，这就是互动式分享阅读的魅力。每周大学生志愿者带来一本绘本，很多孩子回家还要求家长再买同样的一本，因为，他们爱这样的图书！

2. 表演式大声朗读。

有人说，常规语文教学都要求朗读的，这不是特色。朗读课文和表演式朗读还是有很大的区别。表演式朗读的内涵是：读者大量运用表情、肢体动作、语气声调，最大可能地进入故事场景。表情肌的运用，四肢的运动，声音的抑扬顿挫，语气的急缓变化，大脑视觉区、听觉区、运动区联合工作，都会有利于孩子们对作品的理解和记忆。

比如，读到"高兴"，就站起来蹦几下，读到"跑"就原地转个圈，读到"友好"就相互拥抱，读到"害怕"就蜷缩起来……假如有机会看到一个班级六个小组的孩子在大声朗读《朱家故事》——"老太婆，晚餐呢？快点儿！"此起彼伏的声音，以及孩子们由于大声朗读而憋红的小脸，任何一个旁观者都会感受到孩子们对表演式朗读的热情。

3. 用复述、表演、绘画、写作或其他形式表达阅读感受。

图 14 师生一起表演《图书馆狮子》

区别于语文课后的抄写和背诵，互动式分享阅读主张用多种形式表达阅读感受。每个孩子对每篇作品的感受都是不一样的，读了《妈妈，你好吗？》很多孩子会给妈妈写一封信；读了《好脏的哈利》，孩子们最喜欢演哈利；读了《父与子》，孩子们最喜欢自己拿笔画一幅"爸爸与儿子"……图14是上海市虹口区凉城四小四年级的语文教师曹枫梅和孩子们一起表演《图书馆狮子》的场景。曹老师发现，参加了互动式分享阅读项目之后，孩子们的作文变得真实了，师生关系变得融洽了，老师放下了"架子"，连自己的幸福指数都提高了。

4. 整班阅读和小组阅读并行。

小组阅读效果最好，因为每个人发言的机会多、表演的机会多、参与感强。阅读课，可以不在教室里而是去机房、图书室、会议室、食堂、操场、草坪……宽松的环境，舒适的坐姿，自由的氛围，不难想象孩子们多喜欢这样的课堂。有的学校受限于教师人数，整班上课，小组表演，也同样受到小朋友的热烈欢迎。

互动式分享阅读项目在上海推广了5年了，吸引了许多小学、幼儿园以及企业的参与。

上海市虹口区中心二小，接受了我们的培训之后，每周开设了阅读课，语文、数学、音乐、美术老师齐出动，还邀请了家长志愿者。

汇丰银行上海总部，每周派出一组"故事妈妈"志愿者，到上海市虹口区凉城四小带小学生读书。

我们上海师范大学的百余名"大带小"志愿者,每周奔赴多所小学带小朋友读书。

寒暑假,大学生志愿者分别到各自所在社区带小朋友读书。没有想到,社区里从一年级到五年级的"混班阅读课"的小朋友那么喜欢跟大学生们读绘本,社区负责人喜出望外,以至于大学生们在寒假就被"预订"了要暑假里去社区带读。

志愿者朱天丽已经毕业到杭州市濮家小学做小学老师了,每周给孩子们开一节阅读课,孩子们说,每周最开心的日子就是周四!因为朱老师周四给我们讲故事!

"互动式分享阅读"的教学理念,不仅让孩子们受益,很多志愿者自身也受益良多。

汇丰银行负责"故事妈妈"项目的郁嘉经理,把我们的阅读理念带回了家,教会了钟点工阿姨。阿姨借了郁嘉经理的书,与九岁的女儿共同欣赏,原本紧张的母女关系大大改善。

有几位大学生志愿者的妈妈经常问自己的孩子:最近你们老师买了什么绘本?带回来给我看看!原来,妈妈们也喜欢看绘本!

有一位志愿者的妈妈,把周边人家的孩子都邀请到家里:"快让姐姐带你们读书,他们的书可有意思了!"

更多的教师把互动式分享阅读的理念带进了语文教学课堂以及自己家里的亲子阅读,这才发现,学习可以这么快乐,读书可以这么轻松!请看图15-图20,孩子们聚精会神的样子多可爱!这样的读书模式谁不喜欢?

事实表明,孩子们是爱读书的!只要我们选对了读物,用对了教学方法,孩子们一定是爱读书的!之所以现在我们看到全社会的孩子在学习中的痛苦万状,是因为我们的教育方式错了。

今天呈现给读者的这本书,是继《让孩子爱上阅读—互动式分享阅读指导手册》之后,又一本优秀带读案例集。我们是儿童心理学研究工作者,我们关注儿童对文学作品的反应,我们的带读案例展示了带读者与孩子对话的技巧，充分诠释了"互动式分享阅读"的内涵。用书中的方式带着孩子们读书，他们一定会有让您惊喜的表现，无论是学习兴趣、学业成绩、学习习惯，还是情绪、情感、情商都会有显著进步。

图 15　汇丰"故事妈妈"在凉城四小带读

图 16　"大带小"志愿者在明强小学带读

图 17　"大带小"志愿者在世外小学带读

图 18　"大带小"志愿者在社区带读

图 19　"大带小"志愿者在菊园小学带读

图 20　大小孩子一起表演《朱家故事》

实战篇

精选绘本带读案例

第一章 亲近图书绘本精选精读

"问渠哪得清如许,为有源头活水来",中华民族自古以来就是好读书的民族。但是近年来,有关"阅读率"的调查不时见诸报端,"阅读危机"可谓老生常谈。2013年第十一次全国国民阅读调查结果显示,我国成年国民人均纸质图书阅读量为4.77本,远低于日本40本,以色列64本,差距十分明显。

随着生活节奏的加快、媒介形态日益丰富,人们更多地用少阅读、浅阅读代替"精其选""解其言""知其意"和"明其理"的传统阅读方式,从而带来的问题随处可见:多数人常识匮乏,甚至许多在校大学生讲话思路不清,交流不畅,情商低下,理解能力差,基本的信笺格式也写不正确……"腹有诗书气自华",学富五车不是为了谈话时引经据典卖弄才学,也不是为了换得一纸文凭作利禄捷径,而是在于对个人心灵的陶冶。

阅读习惯要从儿童时期培养,本章选择的两本绘本,以别样的视角讲述了两个热爱阅读的故事。在阅读中,我们用声音感染孩子,用问题启发孩子,用表演和分享引发孩子与书籍之间的共鸣,在轻松愉快的氛围中培养孩子的阅读习惯,让孩子亲近图书,享受阅读带来的奇妙体验。

一 带孩子去图书馆吧：
读《图书馆狮子》

（周逸芬译，河北少年儿童出版社，2011年）

（一）谁创作的这本书？

本书文字作者米歇尔·努森（Michelle Knudsen），图画作者凯文·霍克斯（Kevin Hawkes）都曾有在图书馆工作的经历，对图书馆有着深厚的感情。因此，这样两个人相遇时，《图书馆狮子》便应运而生。

（二）这本书讲的什么故事？

图书馆里来了一头狮子！馆长麦小姐答应让他留在图书馆，但前提是他不能在图书馆大吼。于是他帮着馆长麦小姐一起打扫图书馆、与孩子们一同安静地看书……狮子和大家在图书馆也一直相安无事。

忽然有一天，发生了意外，情急之下，狮子只能大吼着求助。究竟发生了什么呢？破坏了规矩的狮子该何去何从呢？

（三）我们为什么选这本书？

《图书馆狮子》的文字作者米歇尔·努森认为"图书馆是一个充满无限可能的神奇地方，它的大门始终敞开，欢迎所有的人光临。"而在调查中我们发现，孩子们对文字和纸质书感到陌生，课余生活普遍被游戏和网络填满，学校和社区图书馆的使用率低。在一次阅读活动中，带读者问孩子们："外出时你们会带书吗？会带什么书呢？"六个孩子中有四人脱口就说要带 ipad，甚至还有一个孩子说要带两个。

而这本书以跌宕起伏的故事情节向小读者推荐了一个美好的地方——图书馆。那里有一个喜欢动物的馆长，一个会说故事的阿姨，一群爱听故事的小朋友……当然，还有一头热心帮忙的狮子。图书馆里奇妙的人、事、物必将会吸引更多的孩子走进图书馆。

（四）我们是如何互动式分享阅读的？

阳光明媚的下午，雨清姐姐和五名孩子相约一同阅读。

"姐姐，今天读什么呀？"孩子们一见到雨清姐姐就问。

"是《图书馆狮子》！"涛涛兴冲冲地向大家宣布这个消息。

等孩子们就座后，雨清姐姐并没有马上翻开绘本，而是问："小朋友们，你们都去过图书馆吗？图书馆里都有些什么呀？"

"去过！里面有好多的书！""图书

> 每次带读的导入是相当关键的，目的是吸引孩子的注意力，激发好奇心，帮助孩子迅速进入阅读状态。常用的方式有：大声读标题、观察封面、预测内容、讨论相关话题等。本文带读者通过让孩子回忆去图书馆的经历、观察画面推测故事情节等方式，让他们与书本和故事产生联结，尽快融入阅读中。

图1 狮子走进了图书馆

馆很安静！""谁都不准说话，必须要保持安静！"孩子们一个接一个地说。

"那这里的图书馆和你们去过的有什么不一样吗？"这时候，雨清姐姐拿出绘本展示封面。

"这里有头狮子！"孩子们都发现了这一不同寻常之处。

"那猜猜看，图书馆来了头狮子，会发生什么事呢？"

"我先来我先来！一定是狮子和小朋友们在一起看书，就是和这两个小朋友。"丽丽用手指着绘本的封面，率先发表了自己的见解。

"这只狮子好像靠椅哦，靠着他看书很舒服。"涛涛说。

"可是图书馆里怎么可能有狮子？难道动物园也放假？"毛毛很疑惑。

带着疑问，他们翻开书大声读了起来。

"有一天，一头狮子走进图书馆……"

"假如我们在图书馆看书时，一头狮子突然走了进来，该怎么办？"雨清姐姐问。

话音刚落，毛毛马上把小手放在脸颊旁，开始装睡；敏敏、田田、丽丽则睁大眼睛，一脸惊讶的表情；涛涛则从容地翻着书。

> 启发性问题能够让孩子们畅所欲言，如："你们觉得麦小姐提到的究竟是什么规定呀？"这个问题既可以激发孩子思考图书馆里有哪些规定，还能发挥想象力，进行合理推测，并用语言表达出来，一举多得。

"大家的方法都不错，"雨清姐姐夸奖道，"我们来瞧瞧绘本里的小朋友看见狮子会有什么反应。"

敏敏说："旁边的人看起来好害怕呀，小孩都躲到角落里去了！"

"可是这只狮子又不吃人！"毛毛反驳道。

"马彬先生从大厅跑进馆长办公室……'他有违反规定吗？'麦小姐问……'那就别管他。'"

"你们看，马彬先生跑去告状了！哼！不过这个麦小姐好棒，只是叫马彬先生不要跑。"田田欣慰地说。

"你们觉得麦小姐提到的究竟是什么规定呀？"雨清姐姐顺着田田的话问道。

"不能有狮子！""是不能有动物才对！"……从现实生活中图书馆的规定到狮子在图书馆里的种种行为，孩子们讨论得热火朝天。

"狮子在图书馆里逛了一大圈……图书馆里没有任何和狮子有关的规定。"

"快看这边，狮子睡着了，不过尾巴翘起来了，好可爱！他连做梦都很高兴呢！"毛毛指着图（图2）感叹道。

图2 狮子正在睡觉

"他还在书架上蹭了蹭脑袋,"田田描述着画面,"看来他是不想再回动物园咯。"

"'说故事时间结束了'……狮子看看小朋友……开始大吼。嗷嗷嗷嗷嗷嗷嗷嗷!"

看着孩子们一个个张着嘴,大声重复着"嗷嗷嗷",雨清姐姐顺势问道:"你们觉得,这里狮子想要说什么呢?"

"说故事的阿姨拿的书是粉色的,好像是《大脚丫跳芭蕾》那本书。"敏敏指着图画中的书说道。

"肯定是狮子觉得大脚丫的故事只有女孩才喜欢,所以听着听着无聊了。我感觉他的那个'嗷嗷嗷'挺无奈的!说不定还顺便打了个哈欠!"涛涛笑着说。

涛涛话音刚落,其他小朋友立马反对:"他哪里是打哈欠,分明是生气了。""是呀,他这是还想听故事,可惜故事已经结束了。"

图 3 狮子第一次大吼

"不过要想听故事,就需要老实待着。"敏敏说。

"这叫守规矩!"丽丽纠正道。

接下来,狮子不仅变得守规矩了,还每天早早地来到图书馆勤快地帮忙打扫。孩子们看见狮子都非常高兴。毛毛联想起自己在家看书时,有小狗的陪伴;细心的敏敏注意到,狮子的尾巴会随着心情而变化。他们都好喜欢狮子,认为狮子来到图书馆帮了不少忙,小朋友读

图4 狮子第二次大吼

书的热情一定更加高涨了。

"有一天,狮子掸完所有百科全书上的灰尘……'快要……拿到了'……麦小姐用力伸手。"

"不好了,麦小姐摔倒了!"丽丽喊道。

"狮子快用身体接住麦小姐呐!"敏敏的语气急促起来,透着些许不安。

"狮子把两只巨大的前掌搭在柜台上……嗷嗷嗷嗷嗷嗷嗷……"

孩子们用比之前更响亮的声音来模仿狮子的吼叫声,"台灯都摇来摇去了呢!"敏敏补充道,"你看这回狮子的尾巴都伸直了!"

"狮子对马彬先生嗷嗷大叫,那马彬先生是什么反应呀?"雨清姐姐追问。

"马彬先生没理狮子,他仍旧觉得狮子乱来。"丽丽气愤地说。

"马彬先生喘着气说……'狮子违反规定了!'"

"狮子走出大门了,他低着头,好伤心哦。马彬先生怎么兴高采烈的?"涛涛愤愤不平地说,"这回可让他找到把狮子赶出去的借口了。"因为太

58

图 5　狮子默默离开　　　　　　　图 6　心神不宁的读者

生气了，孩子们都要求："快翻快翻！"翻页后毛毛立刻发现："看！马彬先生发现麦小姐摔倒了。"

"那你们觉得现在马彬先生的想法和最开始有什么不同？"雨清姐姐问道。

"他现在肯定后悔了！"涛涛抢着说。

"很着急，不知道该怎么办。"丽丽说道。

"我觉得他现在还是很高兴，因为没人和他抢饭碗了！"敏敏很认真地说。

"第二天，一切恢复正常……这里没有狮子。"

"大家看这幅图（图6），狮子走了，图书馆里有什么不一样吗？"雨清姐姐问。

"大家的表情都变了。"田田迫不及待地分享自己的发现。"还不是都在找狮子嘛！"敏敏补充道。

"说不定狮子就在图书馆里，只是躲起来了。"丽丽紧锁眉头，努力分析着。

"但他违反了规定，不能回来了，"毛毛一边伤心地说着，一边回想之前狮子和大家在一起时的美好时光，"小朋友们再也不能骑在狮子的背

> 遇到《图书馆狮子》这种情节起伏较大、内容较多的绘本，建议在情节转折处不要多作分享，以免打断故事线索，使故事支离破碎，不如就顺着孩子的意愿继续读。在故事情节告一段落时再作分享。

图7 摆放在麦小姐办公室里的植物

图8 原来麦小姐本身就是爱动物的人

上看书了!"

"一天傍晚,马彬先生来到麦小姐的办公室……"

毛毛指着麦小姐办公室窗边的花喊道,"你们看,狮子没来,花儿都谢了!"

看到这盆花,孩子们想对比一下先前的花。他们马上往回翻,发现原来麦小姐的办公室里有好多动物装饰品,如照片、油画,怪不得麦小姐没有把狮子赶出去,因为她本身就很喜欢动物。

"马彬先生想为麦小姐做一件事,你们觉得是什么事呀?"雨清姐姐问。

"肯定是去找狮子。"丽丽回应道。

"嗯,那狮子会去哪儿呀?"雨清姐姐追问。

"回动物园去了!""别的图书馆!"……

"狮子坐在图书馆门口,透过玻璃,往馆内望。……"

"狮子不敢进去!"涛涛说,"他一定是怕马彬先生才不进图书馆的!"

丽丽像安抚家中伤心的小狗那样,用手摸摸画中全身都已淋湿的狮子。

不过看到马彬先生终于找到狮子,并让狮子重新回归图书馆时,孩子们纷纷表示原谅马彬先生了!

图 9 《图书馆狮子》扉页　　图 10　马彬先生终于找到了狮子

图 11　《图书馆狮子》后环衬

"嗯,有句话怎么说来着,知错能改……"涛涛点头称赞道。"善莫大焉!"其他小朋友笑着予以补充。

"大家可以和狮子一起开心地读故事了,"毛毛说道,"就像我们一样。"

大家原以为故事已经结束了,结果读到后环衬时,大家还惊喜地发现,图书馆门口的两只狮子也都笑了,这与扉页不一样呢!

带读志愿者 上海师范大学 2011 级应用心理学本科生 季雨清供稿

（五）带读者手记

《图书馆狮子》这本书，给了孩子关于书本和图书馆的初步印象。读完这本书之后，孩子们对图书馆有了好奇，产生了让爸爸妈妈带自己去图书馆看看的想法。从这些孩子的班主任那里了解到，孩子们会主动去学校的图书馆借书了，也会积极参加学校的阅读活动了。这些都是我们苦口婆心地劝说想要达到却很难达到的效果，通过简单的绘本就能轻松实现。当然有些家长担心孩子读了这本书，觉得狮子不危险，去动物园会接近狮子。其实，大可不必为此担心，孩子们读完书之后肯定地告诉我："这是故事，和现实生活是不一样的！"

（六）绘本活动

1. 到你家附近或学校的图书馆参观，了解一下图书馆的规矩。

2. 以你家的客厅或书房为舞台背景，邀请你的家人和朋友来扮演《图书馆狮子》里的"麦小姐""马彬先生"……作为"小导演"的你，可以安排角色，可以重新编写剧本，可以设计服装，这场"演出"效果如何，就看你的啦！

二 让孩子更有教养的故事：
读《一只有教养的狼》

（余治莹译，二十一世纪出版社，2008年）

（一）谁创作的这本书？

本书是由文字作者贝琪·布鲁姆（Becky Bloom）和图画作者帕斯卡·毕尔特（Pascal Biet）共同完成的一本绘本。布鲁姆成立了专为孩子出版绘本的公司，她写的这本书被翻译成二十二种语言，深受孩子们的喜爱。现在布鲁姆与家人以及他们养的很多动物都住在希腊。

毕尔特1998年开始创作儿童绘本，这本书是他创作的第一本绘本。他后来又和布鲁姆合作创作了许多绘本，如 Six Mice and a Hedgehog(1992)，Biscuit(2000)等。

（二）这本书讲的什么故事？

一只大野狼流浪到小镇上。他饿得前胸贴后背，人们看见他都吓得不敢出门了，哪里会给他吃的呀！于是大野狼想啊想："我要去哪里弄点儿吃的呢？对了！我记得附近好像有座农场，哈哈哈哈！"大野狼一路狂奔，想马上填饱肚子！可是当他跑到农场，透过栅栏向里望的时候，大野狼睁大了双眼……他看到了什么？他填饱肚子了吗？

（三）我们为什么选这本书？

很多家长都希望自己的孩子热爱读书，所以就不停唠叨书有多好，要好好看书，当然也给孩子买了很多书，可是不爱阅读的孩子依然不爱看书，怎么办呢？不妨看看《一只有教养的狼》，书中的大野狼因为爱上阅读而变得有教养，并最终成为孩子们喜爱的故事大王。而且这本书把"教养"这一抽象的概念，通过大野狼的语言、穿着和行为具体地展现在孩子面前。孩子在欢声笑语中就能感受书籍带来的神奇效果，真是太棒了！

（四）我们是如何互动式分享阅读的？

大家刚一坐下，就迫不及待地看向晓斐姐姐今天带来的书。

"一只有教养的狼！"

晓斐姐姐："对！快找找狼在哪里？"

几个"小脑袋"赶紧凑到书前，指着封面说："戴眼镜的是狼！可是其他动物好像都不怕狼！"

"对哦，他们都不怕狼呢。你们认为狼是什么样的？"

小涛总结得最全面："很凶猛、很凶残、很血性、很……"他恨不得把对狼的印象一股脑地全说出来。

晓斐姐姐:"那这只狼呢?"

孩子们不假思索地说:"他肯定是只有教养的狼啊!"

"你们是从哪看出来的呀?"

"因为他和小动物的关系很好!你看还有只小猪趴在他头上!""他在看书!""他还戴着眼镜呢!""这只狼看起来好有学问的!"孩子们七嘴八舌地说道。

看到扉页上戴着红眼镜的大野狼在写字,小朋友们很疑惑:"为什么大野狼会写字呢?"

晓斐姐姐:"对啊,狼怎么会写字呢?我们一起看看是怎么回事。"

> 孩子在读故事时,经常会提出许多让成人难以招架的问题,成人敷衍了事或盲目作答都会产生反效果,如孩子会很扫兴,影响阅读进度。在这里,带读者提供了一种可参考的应对方法——保留疑问,制造悬念,既不会影响阅读进度,还能抓住孩子们的注意力,激发读下去的动力。

"走了许多天的路以后,大野狼流浪到一个小镇……他深深地吸了一口气……"

当大野狼张牙舞爪地扑向农场时,小朋友们发现小动物的反应各不相

图1 大野狼扑向农场的小动物

图 2 大野狼被鄙视了

同——兔子和小鸡落荒而逃了,而小猪、小鸭和奶牛没有理睬大野狼,还是继续看书。小朋友们的解释是狼很饿,而且还是一个人,他打不过小猪他们三个。

"大野狼可不喜欢这样受到蔑视……小猪说着说着,还推了大野狼一把。"

看到这里,他们自己推翻了先前"打不过"的结论。通过图片与文字的结合,辰辰说:"小猪不怕大野狼吃他们,而是嫌弃他打扰了美好而珍贵的读书时间。"于是晓斐姐姐问道:"如果你是大野狼,你会怎么想?"

小文说:"我会很难过。"

彬彬说:"我可能会把我最喜欢的玩具给小猪他们玩,这样我们就在一起了!"

辰辰很坚定地说:"如果是我的话,我会和小猪他们一起学习!"

晓斐姐姐:"可是大野狼还什么都不会呢。"

> 孩子们观察画面很自然就会对所看到的内容进行想象和推理,只要合情合理,就给孩子们发言的自由,这是对孩子的鼓励,也是锻炼孩子口头表达的好机会。

图3 认真听讲的大野狼

彬彬:"小牛他们会教他。"

辰辰不同意:"他可以自己学,学会了就能和他们一起看书,最后留在这个农场里。"

晓斐姐姐:"辰辰的推理挺有道理啊!"

"大野狼从来没有遇上过这种事……于是他开始去上学……没多久,他就成为班上最优秀的学生了。"

"如果你的班上来了一只大野狼,你会怎么办?"晓斐姐姐问。

"如果我看到一只大野狼,我会想,这只大野狼好奇怪,为什么要来我们学校,他是读书还是……他会不会突然袭击我呀……我要告诉老师,告诉我爸爸,打电话给110把他带走……"彬彬完全沉浸在自己的想法中。

"直到对自己的成绩感到满意后,大野狼重新回到农场……他打开书,开始大声念道……跑了起来……"

> 孩子在回答问题时,带读者并没有因为要急于发表自己的观点而打断孩子的发言,这样就不会用一个限定的答案束缚孩子的思维。我们会发现,孩子自己就有修正答案的能力。

图4 大野狼雄赳赳气昂昂地跨过栅栏

> **实战篇**
>
> 孩子回答一些复杂的问题时,会有语速慢、语句不连续等现象,这时候千万不要为了赶进度而忽视倾听。耐心地听孩子把话说完,这是对孩子的尊重,也是对阅读的尊重。

辰辰注意到小猪还是不喜欢大野狼,而且一脸嫌弃的表情,可又不知道为什么。彬彬解释道:"你看,狼把舌头伸了出来,他还是不太有教养!"晓斐姐姐请小文读了一下文字,"噢……"孩子们齐声说道:"我知道了!因为他念得太大声,所以小猪不喜欢他!"

"……连图书馆里布满灰尘的旧书都读了一大堆……直到他可以流畅地念书……"

这次,大野狼把衣服穿上了,还看了很多好久没有被人翻过的书,小朋友们觉得他这么有学识,小猪会喜欢他的。

大野狼敲了敲门,走进农场,开始念《三只小猪的故事》。彬彬发现:"小猪还是不喜欢他!小猪怎么这样啊?"小涛和辰辰也附和道:"就是就是!"看到小朋友们这么着急,晓斐姐姐说:"你们看,小猪说大野狼有进步了,他进步在哪里呀?"

经晓斐姐姐提醒,小朋友们又仔细观察画面。小涛发现:"这次他敲

图 5　沉浸在书香中的大野狼

图 6　大野狼再次挑战

门了！上一次他是直接跨进去的！"

接下来，小朋友们惊讶地发现大野狼在买书，这次他不仅穿了红马甲，还加了一顶帽子！彬彬马上说："这回小猪应该会喜欢大野狼了吧。"

"'叮——咚'大野狼拉了拉农场门口的铃铛……他的声音充满感情

图 7 大野狼买书啦

> 很多家长向我们"诉苦",说自己孩子大了,就不爱看图画,只看文字了。那不如和孩子一起玩玩"找茬"游戏吧!这本书尤其适合。比如大野狼穿着的变化、神情的变化、行为的变化……可以和孩子们来一场"发现之旅"!

和自信……"

彬彬马上叫起来:"你看!大野狼还知道拉门铃呢!"

辰辰也说:"嗯,大野狼和他们一起读书,小猪不再鄙视他了!"

彬彬兴奋地说:"老师,我们和他们好像!"他指着书上的图画(图8)继续说:"老师就是这只大野狼,指着书上的图和字给我们看,我是那只小猪,辰辰是那只小鸭子,小涛是那只小奶牛。"看到这个场景,孩子们联想到自己,找到了自己的角色。

"……整个下午,他们就这样躺在草地上,一直讲着故事……他很高兴有了这么棒的好朋友!"

大家一阵欢呼,小涛说:"Yes!我就说嘛,他们一定会

图 8 动物们终于愿意和大野狼一起读书了

图9 《一只有教养的狼》后环衬

成为好朋友的!"彬彬使劲地点头,大野狼被小猪接受,他是最开心的了!

就在大家以为故事结束了时,晓斐姐姐故作神秘地说:"还有惊喜噢!"

"哇!"小朋友们惊叹道:"他们真的去给镇上的人讲故事了!"

在大家的强烈要求下,我们又把书看了一遍。这次发现,大野狼的变化可真多呀!

从进入农场的方式上:跨门——敲门——拉门铃

图10 大野狼的行为变化

图 11　大野狼的穿着和所做的努力

从穿着上：眼镜——马甲——帽子

从所做的努力上：去学校学习——到图书馆看书——在书店买书

当然，大野狼讲故事的方式也是有变化的。

带读志愿者 上海师范大学2013级学前教育学硕士研究生 孙晓斐供稿

（五）带读者手记

在半年前我请孩子回顾故事时，发现孩子错把"复述"理解成"背"，经常会很沮丧地说："老师，太长了，我背不下来。"这种现象是很常见的。这次带读，孩子已经慢慢开始用自己的语言讲述故事了。他们用夸张的表情，生动的语言，把故事越讲越精彩了！

而且我还发现孩子们不再局限于单纯地猜故事，他们开始有整合上下文线索的意识了，当看到后面与前面猜测的内容不一样时，他们自己会研究与争论。读的过程中孩子不只是被动地接受是什么、有什么，还会思考为什么。看到孩子们的变化我很开心。

（六）绘本活动

用图表来回顾故事是一种比较简单清晰的方式，当然回顾故事的方式还有很多，比如复述故事、回忆印象最深刻的情节、故事表演、绘画和分角色朗读等等。

根据这张图表，你能把这个故事用自己的语言讲给身边的人听吗？

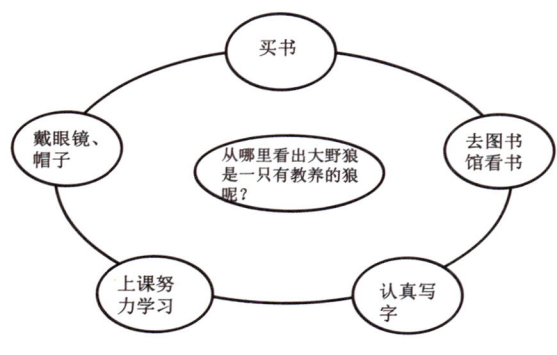

图 12 环形结构图

第二章 趣味绘本精选精读

实战篇

在一次推广阅读活动上,很多家长带着孩子前来咨询:"我给孩子买了很多书放在家里,有漫画版《史记》、简版《十万个为什么》……他都不看,只喜欢玩游戏!""我每天难得挤出时间陪孩子读书,但他总是不愿意听,读着读着就跑开了。"……现在的家长不仅给孩子准备了阅读材料,还愿意抽时间陪孩子,可为什么我们的孩子还是不喜欢读书呢?

让我们来看看大部分家长平时是怎么带孩子读书的吧:有的家长仅仅是帮孩子把书买回来,从来不陪他们读;有的家长会陪孩子读书,但是拿着书平铺直叙地读给孩子听,孩子看不到书上的内容;还有的家长在孩子对画面产生兴趣的时候,硬生生把孩子的注意力转移到文字上:"别动,看字,这个字我不是教过你的吗?"……

成人的良苦用心无形中影响了儿童享受故事的快感。有趣,是孩子爱上阅读的第一原动力。特别是针对年幼的孩子,好听、好看、好玩的故事,才能激发阅读兴趣。

本章选择了四个趣味十足的故事,分别从绘本选择、活动设计、画面观察、朗读技巧等多个方面向读者提供了一些让阅读变得有趣的方法。来和孩子们一起试试吧,你会发现看似枯燥无聊的阅读原来如此趣味横生!

一　淘气是孩子的天性：
读《好脏的哈利》

（任溶溶译，新星出版社，2012 年）

（一）谁创作的这本书？

本书的文字作者吉恩·蔡恩（Gene Zion）和图画作者玛格丽特·布罗伊·格雷厄姆（Margaret Bloy Graham）是一对夫妻。

蔡恩生于美国纽约，他先后从事过编辑、平面设计等工作，最终还是选择做一名自由作家。格雷厄姆毕业于多伦多大学美术史专业。毕业后，她一人前往纽约发展，为一些流行杂志画插图。她与夏洛特·佐罗托（Charlotte Zolotow）合作创作的《暴风雪》（The Storm Book），摘得 1953 年凯迪克奖银奖。

（二）这本书讲的什么故事？

哈利是一只有黑点的白狗，他什么都爱，就是不爱洗澡。于是，哈利把洗澡用的刷子藏了起来，自己溜到街上玩。到了傍晚，脏兮兮的哈利竟变成了一只有白点的黑狗，连主人都认不出来了！这下可如何是好？我们一起来看看吧！

（三）我们为什么选这本书？

玩耍是孩子的天性，故事里那个玩得满身是泥的"哈利"就是孩子的化身：不想洗澡就把刷子藏起来跑出去玩；无论公路、铁路，还是煤炭车，只要玩得开心多脏都不怕；虽然外面很好玩，但该回家时还是会跑着回家……这不正像我们的孩子吗？成人不能理解孩子为什么总把自己弄得脏兮兮的，其实他们是在以这种方式探索世界。总是呆在教室和家中的孩子，由衷地羡慕着哈利，他们多希望自己就是在户外尽情玩耍的哈利。

（四）我们是如何互动式分享阅读的？

秋末冬初的校园，被阳光眷顾的操场相较于教室有其独特的魅力。于是今天，杨月姐姐带领孩子们坐在操场的草地上一起分享绘本。

"小朋友们，我今天给大家带来一本很有趣的书——"

"好脏的哈利——"杨月姐姐话音未落，小朋友们就齐声读出了书名。

"你们看，封面上有些什么呀？"杨月姐姐问道。

> 在互动式分享阅读中，阅读的环境很重要。在读书时，带读者要选择一个自己和孩子都感觉很舒服的场合。开放的空间环境，可以让孩子感觉更自由，更愿意表达自己的想法。

"有两只狗,他们一个是黑的,一个是白的!"晨晨说。

"他们好像在照镜子啊!"超超说。

"不过,黑的狗看起来有点脏脏的。"小女生琳琳说。

> 此处运用的是观察封面的导入方式,帮助孩子集中注意力,更快进入读书的状态。

小男生超超又紧接着说:"可能只是很久没洗澡了吧,哈哈!"

"好,那我们就一起来读一读这个故事,看看你们有没有人猜对。"杨月姐姐翻到扉页(图1),"你们看,这只狗在做什么呀?"

"这是冰箱!哈利从冰箱里拿冰糕吃呢!""不对!这是浴缸!哈利要洗澡,但自己不会洗,所以他去找主人帮他洗!""他也可能是在洗浴缸"……小朋友们各抒己见。

"嗯,大家说的都有可能。我们接着往下看吧!"

"原来哈利拿着刷子跑出去了!可是他要去哪里呢?"小朋友们说。

"哈利是只有黑点的白狗。……他又去跟许多狗玩捉迷藏,于是身上更脏了。"

图1 《好脏的哈利》扉页

图 2　哈利与许多狗在玩捉迷藏

实战篇

互动式分享阅读重视培养儿童的图画观察能力。一般地，儿童在具备识字能力之后，总是会不自觉地忽略对图画的观察。《好脏的哈利》正是培养儿童主动阅图的极好素材。这本书的画面有许多精彩的场景，比如画面远处有一群工人在搭小木屋，画中的卡车开回来的都是空的而开出去的是装满的，所有狗的表情都是微笑的等等，这些内容在文字中都未描述。成人与孩子欣赏这本书时，可以有意地引导孩子看图，和孩子一起发现图画作者留在画面中的故事。

"大家来找一找，哪个是哈利啊？"杨月姐姐问，"这幅图（图2）里一共有几只小狗呢？"

小朋友们一起数了起来。"一共十四只！""十三只！""不对，是十七只！"……

"我们一起来数一数吧！"杨月姐姐说。

"一、二、三……十四。"孩子们一个个把小脑袋凑近书本，生怕数漏了一只。

"你为什么觉得是十三只呢？"杨月姐姐想知道超超把哪只狗数漏了。

"我觉得这是同一只狗。"小男生超超指着画面下方的管道说。

"不对，这只狗的头和尾颜色都不一样，肯定不是同一条。"小朋友提出反对意见。

"可是我家妞妞就是这样的啊,他头和尾的颜色就不一样啊!"超超给出了最有力的证据。

"嗯,说得也有道理!那琪琪为什么认为这里有十七只狗呢?"杨月姐姐肯定了超超的证据,继续问道。

"我觉得这三个管子里各藏了一只,就是十七只了。"琪琪说。

"哇,小朋友们真聪明,姐姐都没想到可以有这么多答案呢!"

"他像滑滑梯那样从运煤车的传送带上滑下来,弄得身上脏得不能再脏。这下,他从一只有黑点的白狗变成了一只有白点的黑狗。"

"你们有没有注意周围的人都在干什么呀?"杨月姐姐指着书(图3)说道。

"都在看哈利嘛!""不是,是有些人在看哈利,有些人没在看他。因为哈利很脏。""他们肯定是在想,这只小狗跑到外面干吗。""这些大人心里一定在想,这只小狗肯定是别人丢掉的小狗。"……

孩子们对图2画面的讨论精彩极了!在分享阅读时,每个人都可以说出自己的想法,也可以对别人的看法提出不同观点。自由的讨论氛围让儿童更愿意说、更敢说,自然有益于他们的口头表达能力。而且,儿童在团体讨论中能够体验举证、质疑、争论和妥协等过程,这一过程有利于儿童锻炼沟通能力,掌握解决问题的能力。

图3 哈利脏得不能再脏了

"那哈利在做什么呢？"

"哈利在外面玩，他很高兴，你们看哈利的嘴巴！""你们看，这边这只小狗一定也想和哈利一样玩，连我都想和哈利一样！"……孩子们对哈利到处玩表现出了极大的兴趣，每翻一页，也总能第一时间找出哈利在哪。

"虽然哈利在外面玩得很开心，但是天黑了他还是要回家。"杨月姐姐说。

"虽然还有许多东西好玩，……哈利到了家，钻过栅栏朝后门看。家里正好有人在朝外看，见到哈利后说道：'后院有一只没见过的狗……对了，你们谁看见哈利了？'"

这段情节常常会引起小朋友们的争论，杨月姐姐耐心引导，帮助孩子们梳理线索，更好地理解故事情节。

"为什么主人认不出哈利了呢？"

"哈利玩得太脏了，家里人都认不出他了，他应该洗干净再回家的。"

"那哈利此时的心情是怎样的呢？"

"他肯定很难过。""就像爸爸妈妈不要自己了一样。""他肯定想哭了！""是呀，该怎么办呀？"……

"如果你是哈利，这时候你会怎么做呀？"

"我会找个地方洗干净再回来。"

"可是没有水呀！"

"去河边？"

"河边很危险，况且也没有河呢！"……

"嗯，那我们来看看，哈利是怎么做的吧！"

> 这次带读是在操场上进行的，操场这个自由的户外环境更利于孩子尽情表达内心的想法。这里没有教室桌椅的阻隔，没有课堂严格的纪律，带读者可以放下教育者的身段，与孩子围坐在一起讨论、玩耍，让孩子觉得更亲近、更平等。带读者曾走访很多小学，发现课间很少有学生在操场上活动，大家都坐在自己的座位上，缺乏户外活动。在操场上进行带读，可以将学生从教室中解放出来，促进其身心健康发展。

实战篇

"哈利听到这话，便想尽办法要让大家知道他就是哈利。……他又变回了那只有黑点的白狗。"

"回到家里可真好。吃饱以后，哈利在他最喜欢的地方睡着了。他快活地梦见了玩耍时的情景，虽然把身上弄得很脏。他睡得可香了，一点儿都没觉得他偷偷藏在垫子底下的刷子碍事。"

"谁能说说，哈利为什么又把刷子藏起来了？"杨月姐姐问道。

小男生晨晨说："肯定是哈利不想洗澡，他只想洗这么一次。"而小女生琳琳则说："我觉得他是害怕下次再玩脏了没法洗澡，所以把刷子收藏好。他先把刷子藏起来，然后再跑出去玩，玩脏了拿出来洗干净再藏起来。"

图4 哈利在表演"拿手绝活"

故事看完了，孩子们自行分配起角色，准备表演。表演到"哈利展示绝活"这一页（图4）时，孩子们都特别兴奋，各显神通，惟妙惟肖地模仿起哈利的各种动作。偌大的操场让孩子们畅快、自由地展示自我。今天的带读活动就在孩子们的表演中愉快地结束了。

带读志愿者 上海师范大学2012级学前教育学硕士研究生 杨月供稿

（五）带读者手记

哈利是绘本中少见的"男孩子"形象的化身，小男生读者更能从哈利身上看到自己的影子，与哈利更有共鸣。这一点在带读中也有所体现。在带读过程中能够很明显地看出，男女生对哈利玩得一身脏的态度差异，对于哈利还会不会再出去玩，男女生也有不同观点，小男生基本上都认为他还会出去，小女生则认为哈利应该吸取教训，不会再跑出去玩，至少不能再让自己太脏。尽管有这种差异，哈利还是赢得了所有孩子的喜爱，连平时害羞腼腆的女生也悄悄告诉我："我也要给我家的狗取名叫哈利。"可见玩耍就是儿童的天性。

（六）绘本活动

1. 和爸爸妈妈说说哈利的故事，再聊聊自己小时候的趣事。
2. 根据哈利出游的路线为他画一张地图，在趣味绘画中再回顾一遍哈利的故事。

二 做个智慧的家长：读《最最喜欢的野餐》

（[日]猿渡静子译，新星出版社，2013年）

（一）谁创作的这本书？

本书文字和图画作者均是日本的绘本作家芭蕉绿。她在早稻田大学学习期间就特别喜欢绘画，于是她边打工边学习绘画创作。之后，她的作品陆续出现在信纸信封、报纸和杂志上。她的代表作《幸福的提姆和莎兰》系列，描绘了小老鼠一家的幸福生活。其中，可爱的小老鼠"双胞胎"——提姆与莎兰，深受孩子们的喜爱。这本书也是这个系列之一。

（二）这本书讲的什么故事？

这天早上，提姆与莎兰一起床就特别兴奋，因为他们要去野餐啦！爸爸准备好美食，妈妈收拾好野餐用具，全家人一起来到野外的空地上。可是正当他们准备开始吃美味的三明治时,天却下起了大雨。眼看着原本美好的野餐就要泡汤了,一家人想到了一个极佳的补偿方案——在家里野餐。在家该怎么野餐呢?赶紧翻开书本看一看吧!

(三)我们为什么选这本书?

对于孩子来说,玩就如同空气一般,重要且自然。但怎么和孩子玩,却令许多年轻家长头疼不已。《最最喜欢的野餐》恰恰向读者展现了一对富有智慧的家长是如何与自己的孩子互动的——多花些心思,用唾手可得的道具,加上百分百的全情投入,足不出户就能为自己的孩子创造独一无二的家庭游戏。如果你现在还没有灵感,不如就先和孩子共同享受一下这场"最最喜欢的野餐"!

(四)我们是如何互动式分享阅读的?

男生小伟、旭旭和女生鑫鑫、婷婷,今年都读小学五年级。今天,应骏哥哥和孩子们一起分享《最最喜欢的野餐》。

图1 《最最喜欢的野餐》扉页

当应骏哥哥展示绘本的时候,大家不约而同地被封面吸引了。提姆和莎兰是一对双胞胎,他们长得很像,应骏哥哥引导道:"你们猜,这两只小老鼠,谁是提姆,谁是莎兰?"对于这个问题,孩子们刚开始只是毫无根据地乱猜,但翻到扉页的时候,孩子们发现了一点线索。

小伟说:"你们看,躺在床

图 2 穿着漂亮睡衣的提姆和莎兰

上的小老鼠旁边有两个洋娃娃,所以我觉得她是莎兰,而且根据图画,提姆和莎兰应该是睡在一张床上的。你看莎兰的两个洋娃娃旁边还有一个枕头,那就是提姆的。"

不过刚翻到下一页(图2),这个结论就被推翻了。鑫鑫说:"你们看,左边那只老鼠尾巴上有蝴蝶结,所以她是莎兰。"

旭旭说:"穿星星衣服的是男的,穿花衣服的是女的,因为女生都比较喜欢穿有花的衣服。"大家说得都头头是道,应骏哥哥表扬道:"大家都像小侦探,推理能力棒极啦!"

"小老鼠提姆和莎兰是一对双胞胎……这天早上一起床,他俩就兴高采烈的。妈妈,天气真好啊。今天要去野餐的吧?"

读到这里应骏哥哥问:"大家有没有去野餐过?出去野餐有什么开心的事情?来和大家分享一下好吗?"应骏哥哥借着这段内容,让孩子们聊聊自己和家人、朋友一起野餐的故事。

婷婷举手示意:"我去过!我妈妈和阿姨带我去公园野餐过,带了很多好吃的。"

"春游也算野餐!我也去过!"鑫鑫补充道。

图 3 "我们比赛往家跑"

孩子们分享着许多自己野餐的美好回忆,只有旭旭低着头,在一旁轻轻地嘀咕:"我爸爸妈妈上班很忙,从来没带我去野餐过。"应骏哥哥问:"那如果我们现在计划去野餐,你最想去哪?"旭旭不假思索

> 小组阅读不仅在讲故事，更是一个情感宣泄的过程。孩子在阅读时表现出的快乐、悲伤、恐惧或愤怒，都是其个体经验对故事人物的投射。作为带读者，除了将故事传达给孩子，更需要细心体察孩子的情感变化，及时给予积极关注和干预。正如文中的旭旭，如果带读者没有及时关注到他的低落情绪，将会不利于他融入阅读小组。长此以往，甚至会影响到他的阅读兴趣。

地说："和平公园！"旭旭的提议引起了孩子们的共鸣，大家随即讨论起梦想中的野餐。在欢乐的气氛中，旭旭也一扫方才的落寞，加入了大家的讨论。

"全家人正准备吃爸爸做的美味三明治时……不知什么时候，天上布满了乌云。"

读到这里，应骏哥哥问："野餐时，下雨了该怎么办呀？"婷婷说："出门一定要带雨披。下雨的话，可以披着雨披回家。"鑫鑫不以为然："外面下雨了，我们可以在家里野餐啊！"

"野餐不应该是户外活动吗，怎么在家里野餐呢？"应骏哥哥追问。

"比如把食物都放在家里的地毯上啊，或者是泡一壶茶，烧着壁炉，伴着雨声，好有感觉！一家人在一起吃，也可以称之为野餐！"小伟说道。

婷婷也表达了自己的看法："他们可以把帐篷支起来，买那种假草坪铺在客厅里，然后在假草坪上再铺上一层餐布就可以吃了。"

看到提姆踩着伞玩（图4），鑫鑫说："我五岁的时候，也踩着伞玩，伞还被我弄坏了。"说着，她还模仿提姆踩伞的动作，引得大家都哈哈大笑。孩子们看到提姆和莎兰在房间里用伞模拟帐篷，也模仿了起来。

> 互动式分享阅读鼓励孩子用动作、神态来表达自己对绘本的理解，比如用肢体动作模仿提姆与莎兰躲在帐篷里的样子。阅读中，这样的分享形式不仅能提升孩子的模仿能力，还能长时间维持孩子的注意力。

读到鼠爸爸带着孩子们在家划船、钓鱼、玩孤岛游戏，鑫鑫得意地叫道："我猜对了！我猜对了！我就知道他们肯定是在家里野餐！"应骏哥哥追问："大家想想看，在家怎么划船？怎么钓鱼呢？"

图4 提姆与莎兰踩着伞玩

图5 提姆与莎兰躲在"帐篷"里

图6 提姆、莎兰与父母在家"划船"

鑫鑫首先打破沉寂:"我觉得提姆是把伞当作船,扫帚当作桨!"

"真棒!"应骏哥哥说,"那家里怎么会有孤岛呢?"

话音未落,旭旭就有了想法:"可以跳上床啊,我小时候特喜欢在床上蹦蹦跳跳,就跟孤岛风雨飘摇的感觉差不多。"说罢,旭旭兴奋地站起身,边说边跳。

"我觉得可以把沙发当作孤岛,因为提姆和莎兰是在客厅玩的,客厅一般只有沙发,没有床。"小伟用自己的生活经验完善了旭旭的说法。

绘本读完了,孩子们还沉浸在刚刚欢乐的氛围当中,继续模仿着提姆和莎兰的样子,好像是他们自己在经历一次真正的野餐……

带读志愿者 上海师范大学2013级基础心理学硕士研究生 陈应骏供稿

> 喜欢游戏是孩子们的天性,但是怎么和孩子玩,却令许多年轻家长头疼不已。老鼠爸爸妈妈给了一个很好的示范:通过互相沟通、协作及无穷的想象力,即使在家中,照样能和孩子们变着法儿地玩。带读过程中,孩子们通过自己的想象勾勒出在家野餐的情景,丰富而精彩。互动式分享阅读就是这样,能在每个孩子的心中种下一颗想象力的种子,通过每一次带读,让这颗种子茁壮成长。

（五）带读者手记

很多时候，孩子们内心的表达意愿很强，但一到课堂总是不愿意发言。怎么办？互动式分享阅读为我们带来了一种可借鉴的方式，那就是让孩子在轻松愉快的氛围下，自由表达自己内心所思所想。孩子们可以互相讨论、完善彼此的想法，纵使这些想法和绘本的情节走向不符，也值得我们为之鼓掌。在这个过程中，孩子们学会了倾听、锻炼了语言表达能力，更是学到了"取长补短"。

经过两个学期的互动式分享阅读，原本内向、觉得读绘本有些"幼稚"的旭旭变得能主动发言了。他细致的观察、精彩的推理总是能得到同学的表扬，他的自信心和表达意愿也愈来愈强。四个孩子的班主任李老师也向带读者反映：小伟和婷婷的注意力也比之前集中，并能举手发言了。这就是互动式分享阅读的力量，潜移默化却又无比深刻。

（六）绘本活动

小老鼠们在家里开展了一场妙趣横生的"野餐"。孩子们，请动动脑筋，我们在家里的客厅或者学校教室"露营"需要准备一些什么呢？

3~7岁的孩子：孩子可以直接和父母说在家中露营时，需要准备一些什么。在孩子想到的基础上，父母带领孩子一起采购、完成其他准备工作。让孩子体会整个准备过程。

8~12岁的孩子：父母辅佐孩子搜集资料，做攻略，思考怎么把野外露营迁移到家中。如果情况允许的话，孩子可以邀请同学一起来参加自己"操办"的这场家庭盛宴！

忙碌的工作以及天气的影响使得我们不可能经常远足、出去露营。其实，用我们身边的道具，加上丰富的想象力，足不出户就能为我们的孩子创造甜蜜美满的家庭游戏！这不但满足了孩子们的心愿，更是把露营特有的欢乐和暖意留在了家中！

三 你还敢懒惰吗：读《朱家故事》

（柯倩华译，河北教育出版社，2009年）

（一）谁创作的这本书？

安东尼·布朗（Anthony Browne）是著名的英国绘本大师，也是本书的图文创作者。他从小和哥哥玩"形状游戏"——先画一个简单的形状，然后轮流在这个形状的基础上添一笔，使之成为另一样东西。这样的游戏培养了安东尼·布朗对绘画的热爱以及丰富的想象力。他的作品充满创意和安东尼式幽默。

（二）这本书讲的什么故事？

朱先生夫妇和两个儿子住在一栋很好的房子里。每天，朱太太都要为先生和儿子们准备早餐和晚餐。丈夫和孩子们出门后，还有洗碗、整理房间等一大堆的家务在等着朱太太。有一天，朱太太不

89

见了，只留下一张字条："你们是猪。"自此，朱先生家变得有些不一样了。究竟朱太太去哪了呢？朱先生和两个儿子又将如何渡过难关呢？

（三）我们为什么选这本书？

我们历来注重文字阅读，而忽略了读图的趣味。安东尼·布朗的作品是培养孩子阅读兴趣和读图能力的最佳素材之一。他的书中蕴藏了各种"秘密机关"——几乎每部作品都是如此。本书中有许多"猪"的图案，藏在图画中的各个地方。孩子们阅读本书的过程，也是寻找这些"秘密机关"的过程。每找到一处，孩子们都会喜出望外。而且每读一遍都会有新的发现！在此过程中孩子们的注意力也得到了训练。

（四）我们是如何互动式分享阅读的？

卓缘姐姐："孩子们，今天这本《朱家故事》是一本人见人爱的故事书。看到这个封面，大家猜一猜，这会是一个什么样的故事呢？"

"姓朱的一家人的故事。"

看到封面上的画面，有不少孩子表示不解——

"为什么是妈妈背着爸爸和儿子呢？"

卓缘姐姐提醒大家看看此时妈妈的表情，有孩子立刻说道："很疲劳，爸爸和儿子却很开心。"

卓缘姐姐提醒大家再仔细看看封面上还有什么，孩子们回答有花和猪。

小杰恍然大悟："我知道了，他们家姓朱，

> 看封面预测故事是互动式分享阅读常用的导入方式之一，这样能很快激发孩子的阅读兴趣，吸引他们的注意力。

> 欣赏封面图画是另一种导入方式。绘本欣赏的一大重点就是培养孩子的读图意识和能力，读图有利于孩子建立文字与实物之间的联系。欣赏画面，就从欣赏封面开始。

图 1 大家都张大嘴巴等妈妈

肯定所有的东西都是猪的图案。"

"朱先生有两个儿子,西蒙和帕克。他们住在一栋很好的房子里,有很好的花园。……房子里还有他的妻子。"

小杰觉得这里只提了父子三人,对朱太太很不公平:"是很好很好的妻子才对!"

下一页是父子三人在吃早餐(图1)。

读到这里,叶子又有新的发现:"他看的报纸上面有猩猩!上面人的表情和两个孩子表情一样!"

"妈,早餐呢?快点儿!"

读到这句,小朋友们不约而同地提高了分贝。卓缘姐姐想听听他们是不是也有过这样的经历。

有孩子"勇敢"地承认自己吃早饭之前就是这么和妈妈说的。有的孩子则有些得意地说每天早上会帮妈妈把早点端上桌之后再开始吃。

正在这时,悦悦忽然说了一句:"可是,这个妈妈是心甘情愿的。在我家,妈妈就很乐意做这些事。"

"不对!"一个孩子赶紧伸手过来,把书合上,"你们看封面,妈妈

图 2 妈妈做完各种家务后去工作

的表情分明就不情愿，她也很不开心。"大家都认可。

　　四幅妈妈在干活的图（图2），孩子们看了好久。卓缘姐姐问："这几幅图给大家什么样的感觉？"

　　"妈妈从来都不露出眼睛，一直低着头！"叶子说。

　　"很好！你是今天第一个发现这个秘密的孩子。"

　　"这个背景为什么是黄色的啊？"有孩子疑惑地问。大家讨论起来。

　　孩子们觉得这是为了表现天气不好，也可能是画画的人喜欢黄色，还可能是妈妈喜欢黄色……大家没有得出统一的结论。

　　"每天傍晚，朱先生做完很重要的工作回到家，总是大声喊：'老太婆，晚餐呢？快点儿！'"

　　细心的叶子发现图画中（图3）爸爸的影子

> 对绘画语言的理解要经过培养和引导，但是这种培养和引导不是灌输。这里孩子对黄色色调体现压抑的情感不能理解。不要紧，重要的是孩子自己的感悟和同龄人之间的讨论。随着学业的进展，他们会明白这一点。

图3 爸爸的影子变成了猪　　　　　图4 爸爸的纽扣变成了猪

是猪头,并解释道:"因为爸爸很懒,所以影子成了猪头!"这一下大家都迫不及待地开始找寻图画中的"猪"了。

"爸爸的胸针变成'猪'啦!爸爸的纽扣也变成'猪'啦!"有人兴奋地叫道。

妈妈在家干活的画面又出现了,这次还是叶子最先发言:"我觉得黄色的看上去有点低沉!"

渐渐地,孩子们开始越来越关注画面,小杰说:"他家的猫和狗也都胖胖的,懒洋洋的。他们家还有猪型的储蓄罐,他们一家都姓朱嘛,因为'猪''朱'谐音啊!"

"朱先生下班回到家,很不高兴地问:'你们的妈妈呢?'"

卓缘姐姐问大家:"朱太太呢?"有孩子气鼓鼓地说:"肯定是走了,谁要理那么懒的人,不过,朱先生和儿子会怎么样呀,姐姐快翻页吧!"

"不急,我们先来找一找'猪'吧。"话音刚落,"门把手变成了猪耶。""插座其实也很像猪。"大家找得可带劲啦!

翻页后，有个孩子像小侦探一样开始推理起故事情节来，"嗯，画里的妈妈被剪掉了。"然后他指着画中的那头猪，又看到爸爸的手变成猪蹄，说："他爸爸就是头猪。"看到这个场景大家都觉得很意外，很好笑。

在接下来的画面中，"猪"的元素越来越多。小杰主动提出要求："姐姐，我们要找一找猪的元素！"

翻过一页，孩子们注意到，圆圆的猪形月亮已经变成了一轮弯月（图6）。小杰说："他们已经吃了半个月这么烂的食物了。"有孩子又找到了令人惊讶的细节："你们看！窗户外面的影子是一只狼！它的嘴巴是尖的，还有獠牙呢！"孩子们听了，沉吟了一会儿，叶子说，"没错，狼是要吃猪的。"

刚刚翻过一页，就听到一句感叹："多像猪啊！"父子三人邋遢不堪的生活实在是让孩子们看不下去了！

> 很多细节都是孩子自主发现的。要培养孩子们细致的观察能力就要引导他们看到更多的细节，可以是父母或者老师有意提醒他们看，也可以在小组学习氛围中让孩子们互相启发。根据我们带读的经验，只要引导几次，孩子们就会有意识地去观察画面，从而提高观察画面的兴趣和能力。

终于，妈妈回来了。"哇，其实妈妈长得很好看！"叶子激动地说，"之前妈妈做家务的时候，面部表情都看不到，可见非常辛苦。"

妈妈同意留下来之后，孩子们欣慰地看到了邋遢的父子三人都变回了人形，还把家里收拾得井井有条。

"那为什么妈妈一走，他们就变成猪了呢？"卓缘姐姐接下去问。

图5 变成猪的父子三人做晚餐

图6 三只小猪遇险

> 互动式分享阅读强调"无标准答案",鼓励孩子积极思考、愿意表达,带读者提出的问题故事里找不到答案,也就自然没有"唯一的正确答案",回答这类问题需要孩子们自己的理解。

孩子们之间讨论开了:"我猜他们变成猪是魔法的原因!"

卓缘姐姐又问:"为什么他们变成猪,而不变成别的动物呢?"

"我觉得是他们一点事都不干,只知道吃,像猪一样,所以变成猪!""我觉得是因为有会魔法的小精灵,把这些不干活的人变成猪!"

"妈妈也很快乐……她把汽车修理好了。"

叶子问:"为什么是妈妈把车修好了?车应该是爸爸修的呀。"有人主动抢答道:"爸爸在家做饭、熨衣服啊,他把妈妈原来的活儿都干了。"

看到最后这个圆满的结局,孩子们很满足。看得出来大家都很喜欢这个故事,小杰要求再找一遍书里的"猪"。

《朱家故事》这本书是培养孩子阅读兴趣和观察力非常好的范本。我们倡导多遍阅读,就此书而言,让孩子们再去找一找"猪"的元素,既满足了孩子的好奇心,又加深了他们对绘本的记忆。

> 在互动式分享阅读时,带读者不是绝对的主导者,我们更愿意引导孩子们自主讨论,让孩子们自己"头脑风暴",相互促进。

"这里有,这里……这里!"满屋子都是"猪!猪!猪……"的声音。

带读志愿者 上海师范大学 2011 级戏剧影视文学本科生 崔卓缘供稿

（五）带读者手记

带读完《朱家故事》之后的第二周，有个孩子一见到我就很激动地对我说："姐姐，上次一读完《朱家故事》，我就回家上网买了那本书！"

有一次，一个孩子告诉我："姐姐，昨天我听到广播里讲《朱家故事》啦！不过，他比我们读的多说了一句话。"细细询问后才知道，原来广播员在讲故事时，因为听众看不到画面，多补充解释了一句话。孩子们对带读过的故事记忆如此深刻，真的大大超乎我们的想象。

（六）绘本活动

1. 本书封面是一张全家福。请孩子们也带一张全家福，说说拍全家福时的故事。

2. 尝试画一画书中的人物，把它们做成纸偶，在表演的时候把纸偶套在手上，演一个小型纸偶剧。

3. 书中主人公家中有两幅画，分别是《笑容骑士》和《安德鲁斯先生和夫人》，请向孩子们介绍这两幅画，并仔细观察这两幅画与原作有哪些不一样。孩子们肯定会对安东尼·布朗的改编产生兴趣，再和孩子们讨论一下安东尼·布朗为什么要这样做。三至五年级的孩子可以自己完成；一、二年级可以以带读者讲解为主。

图7 《安德鲁斯先生和夫人》，[英]托马斯·庚斯博罗　　图8 《笑容骑士》，[荷]佛兰斯·哈尔斯

四 神奇的毯子,奇妙的故事: 读《爷爷一定有办法》

(宋珮译,明天出版社,2008年)

(一)谁创作的这本书?

本书文字和图画作者菲比·吉尔曼(Phoebe Gilman)曾在纽约的艺术与设计高中、艺术学生联盟及亨特学院学习。她在安大略艺术学院教授过15年的绘画课程,1990年退休之后,成了一名专职的作家和画家。

菲比·吉尔曼的主要作品有《气球树》《吉卜赛公主》《宝贵的珍珠》等。其中最受欢迎的作品要数《爷爷一定有办法》,这本书于1993年荣获加拿大露丝·史瓦兹儿童书奖和美国悉尼·泰勒奖,并入选由日本儿童书研究会与图画书研究部合编的《图画书·为孩子选择的300册》。她本人也因为对儿童文学领域的卓著贡献,于1993年获得了加拿大作家协会的维琪·麦卡夫奖。

（二）这本书讲的什么故事？

在约瑟小时候，爷爷为他做了一条奇妙的毯子。不过约瑟渐渐长大了，这条奇妙的毯子也变得老旧。约瑟的妈妈说毯子太旧想把它扔掉，爷爷却将它做成了一件奇妙的外套。外套也变旧了，妈妈又想丢掉，爷爷用同样的办法把外套变成了背心……爷爷缝制这些东西时，剪下的一些边角料去哪里了？毯子在变化，约瑟一家也在变化……

（三）我们为什么选这本书？

《爷爷一定有办法》是一本适合老师和家长给低龄儿童阅读的绘本。书中文字虽不多，但作者使用了重复而富有节奏的语言，让故事读起来朗朗上口。反复出现相同语句对低龄儿童来说是一种强化，能使儿童掌握故事词句、积累语言经验，促进其语言潜能的开发。此外，低龄儿童的阅读乐趣还体现在读图上面。本书的画面中还藏着文字以外的故事，能带给孩子意外的阅读乐趣。

（四）我们是如何互动式分享阅读的？

如果带读的书恰好有孩子看过，老师和家长通常会感到束手无策。这时可以先请看过这本书的孩子给大家讲一讲故事内容，如果他能清楚地表述出来，那可以请他担任你的带读助教。而更多的情况是，孩子们会表述不清，那就可以让他和大家一起再看一遍。这一带读"危机"也就迎刃而解了。

今天，顾烨姐姐与五名二年级小朋友一起读《爷爷一定有办法》。

刚拿出绘本，婧婧激动地说："这本书我看过！"

顾烨姐姐看向婧婧："太好了，你来给大家讲讲！"

婧婧挠了挠头："我只看了一半，不记得了。"

图1 《爷爷一定有办法》环衬　　　　图2 爷爷为约瑟缝毯子

"那和大家一块儿再看一遍,好吗?"婧婧欣然同意。

顾烨姐姐翻开环衬后(图1),孩子们惊呼:"好漂亮!""有星星!"帆帆还情不自禁地唱起《小星星》:"一闪一闪亮晶晶……"

看到正文时(图2),小旭说:"爷爷缝补的布料和刚才看到的一模一样!"小旭这么一说,马上吸引了大家的注意力。"小旭观察得真仔细。"姐姐摸着小旭的头夸奖道。

"哎,快看,这里有小老鼠。"婧婧指着画面下方的小老鼠。"是呀,小老鼠家还有蜘蛛网呢!"盈盈激动地说。

顾烨姐姐向大家竖起大拇指,并继续引导:"大家看看小老鼠在干吗呀?"

> 绘本的环衬设计通常与故事的主题和氛围相符,图案也与书中的故事有某种联系,可能是后面故事的开头、线索、秘密等,帮助读者推测故事的发展。《爷爷一定有办法》的环衬就是故事的主要线索,是绘本的重要组成部分。本书其他案例中也会提到环衬与故事的联系。引导孩子关注环衬,不仅让孩子们能在读故事前尽早进入状态,也有利于他们养成读图的习惯。

在分享阅读中,带读者扮演聆听者的角色,起到引导和协助的作用。孩子在对阅读内容做出细致的观察和描述后,可以不受限制、自由表达。因此孩子之间时常有争论,而且经常会给出出人意料的答案,此时带读者不必急于给出正确答案。因为通过这个过程既锻炼了孩子的语言表达能力,也锻炼了他们分析事物的能力。这些能力往往是孩子们在同伴群体中学会的,互动式分享阅读则正好提供了一个渠道。

"老鼠是在偷东西,偷老爷爷的布!"

"不是的,这些布是自己从地板缝里掉下去,小老鼠捡来的。"

"对呀,我也觉得布料是自己掉下来的,你看,这不是掉在了小老鼠洞外了吗?"……

经过热烈的讨论,孩子们达成了一致意见:布是小老鼠捡来的。

"有一天,妈妈对他说:'约瑟,看看你的毯子,又破又旧,好难看,真该把它丢了。'"

顾烨姐姐问:"约瑟会把这条毯子扔掉吗?"

"不会扔掉,爷爷会给他补好!"大家表示赞同,故事继续。

每当读到"这块料子还够做……"的时

图3 毯子变成了外套

图4 外套变成了背心

候,顾烨姐姐故意拖长音调,小朋友就开始猜测各种答案:"围巾""毛巾""帽子""裤子""鞋子""手套""口罩"……在孩子们的期待中,顾烨姐姐翻开下一页,他们都伸长了脖子,"原来是……"猜对的小朋友高兴地拍着手说:"我猜对啦!"

"你们发现小老鼠家有什么变化吗?"顾烨姐姐话音刚落,孩子们边说边用手指着画面(图3)。

"你们看,有老鼠妈妈的头巾,还有小老鼠穿的背心呢!"

"还有小老鼠家里的床单、被子、窗帘、桌布也是用爷爷剪掉的布做成的!"

"哇!小老鼠家真是越来越漂亮啦!"

"小老鼠也和约瑟他们一样在散步。"

"咦,它们也在上课!"……孩子们

> 整本书的文字部分都没有出现对小老鼠一家的描述,却在每幅画的下方悄悄交代了故事最关键的一点——布料究竟去了哪里?原来,爷爷剪下的布料掉到了地板下面,这些布料被老鼠利用,改变了它们一家。老鼠一家和约瑟家几乎同步,引导孩子们关注小老鼠一家,就会发现更多惊喜!

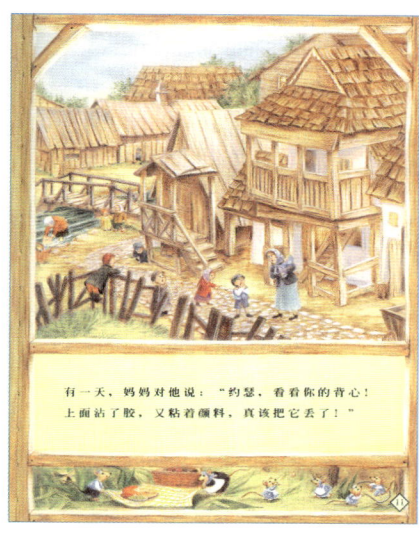

图5 妈妈怀里抱的是谁?

图6 怀着宝宝的妈妈

的讨论精彩极了。

突然，诚诚指着画面上的娃娃问："咦？妈妈怀里抱的是谁？"

"约瑟的妹妹！""之前我们怎么没看到？"大家都很奇怪，一起往前翻书，果真找到了约瑟妈妈怀宝宝的那张图（图7）。

图7 爸爸是鞋匠，爷爷是裁缝

接着顾烨姐姐又问："大家知道约瑟的爷爷和爸爸是干什么的吗？"

"爷爷是个裁缝！""他们家门前有个大的针线圈。""爷爷还帮人量衣服。""爸爸是个鞋匠，他在给别人修鞋。"……

孩子们不仅对画面观察很仔细，而且很善于推理。

"'约瑟，你的纽扣呢？'约瑟一看，纽扣不见了！"

顾烨姐姐："你们觉得约瑟现在的心情是怎样的？"

"肯定很着急，还很伤心。""你们看，妈妈这么着急地跑回家去，马都张大了嘴巴呢！"婧婧指着画面（图8）说。

"但是爷爷也没办法呀。"小旭一脸无奈地说道。"对呀，约瑟都要哭了。""他们一家人都很伤心。"

图8 约瑟的纽扣不见了

图 9 妹妹拿玩具安慰约瑟

"妹妹还拿玩具来安慰他呢!""咦,妹妹身后还有一个蓝色披风。""肯定是爷爷给她做的。""不过妹妹的是云朵图案,哥哥的是星星和月亮图案。"

"那你们说纽扣掉到哪里去了?"顾烨姐姐问道。"肯定是掉老鼠家了。"孩子们马上在老鼠家里发现了纽扣。"那怎么办呢?"孩子们都紧张地等待最后的结局。

图 10 写成一个奇妙的故事

互动式分享阅读提倡大声朗读,尤其是针对年幼的孩子,出声朗读能够刺激儿童大脑皮层,帮助他们"因声入境",走入故事的意境中。这本书中出现了许多重复的句式,非常适合大声朗读。在分享这本书时,带读者可以设计各种朗读形式,如分组朗读、分角色朗读等,让孩子体验文字中的音律。

翻到最后一页（图10），原来约瑟写了一个奇妙的故事，孩子们紧张的心松了下来。最后约瑟一家和小老鼠一家都在开心地听故事，并且老鼠爷爷正坐在那颗纽扣上呢！

带读志愿者 上海师范大学2013级应用心理学硕士研究生 顾烨供稿

（五）带读者手记

这组小朋友经过一段时间的互动式分享阅读训练之后，已经养成了仔细观察画面的习惯，可以关注到图画的很多细节内容。例如，刚开始出现小老鼠一家时，孩子就能发现。并且不只看到约瑟一家发生了变化，更注意到小老鼠一家的变化。我们发现在读图意识上，儿童的接受度和学习力远超过成人。大学生看过这本书后，当他们被问及"这本书讲了什么？"时，我们得到的回答往往是："爷爷对约瑟深沉的爱。""爷爷的创新。"……根本没有人关注到小老鼠一家！这一点，我们真应该向孩子们学习呢！

（六）绘本活动

故事中"爷爷"一次次地改造毯子，用灵巧的手为"约瑟"创造了奇迹。在现实中，老师和家长也可以利用废弃的物品（比如空易拉罐、废纸箱等），和孩子一起"变废为宝"，实现自己的创意。

第三章　亲子关系绘本精选精读

公园里,爸爸妈妈、爷爷奶奶和外公外婆围着一个孩子忙前忙后……这一场景并不鲜见,"四老两大一小"的家庭结构成为现代社会的主流,孩子成为一个家族的重心。

然而,从孩子们的话中,却得以窥探这一社会选择存在的弊端——

"是我妈妈让我双休日还要上课的,我才不想呢,真希望这些补习班都倒闭!""在我们家,妈妈是老师,爸爸是司机,奶奶就是我的厨师……"在家长的期望和压力之下,孩子对亲情的理解变得模糊、空泛而表浅,他们认为亲情都是理所当然的。有人说,亲子情是本能的、不用教的,看来未必!

本章给读者带来四个独特的亲子故事,包含父母形象、亲子疏离、亲子沟通和生命教育等主题。和孩子分享这四个故事,相信会触动我们内心最温柔的一角,让每个家长得以重新反思自己与孩子之间的关系。

一 孩子眼中的百变父母：
读《我爸爸》和《我妈妈》

(《我爸爸》，佘治莹译，河北教育出版社，2007年)
(《我妈妈》，佘治莹译，河北教育出版社，2007年)

（一）谁创作的这本书？

 这两本书的文字和图画作者安东尼·布朗（Anthony Browne）是英国的绘本大师，曾荣获2000年国际安徒生大奖。《我爸爸》和《我妈妈》是安东尼·布朗为了纪念自己的父亲和母亲而创作的。在绘本中，爸爸身上的那件黄褐色格子睡袍和妈妈身上的那件花色睡袍贯穿始终，可见在作者的心里，父亲和母亲的身影无所不在。

（二）这本书讲的什么故事？

这是我爸爸，他真的很棒！我爸爸什么都不怕，连坏蛋大野狼都不怕。他可以从月亮上跳过去，还会走高空绳索。（不会摔下去。）他敢跟大力士摔跤。在运动会的比赛中，他轻轻松松就跑了第一名。我爸爸真的很棒！……我爱他，而且你知道吗？他也爱我！（永远爱我。）

这是我妈妈，她真的很棒！我妈妈是个手艺特好的大厨师，也是一个很会杂耍的特技演员。她不但是个神奇的画家，还是全世界最强壮的女人！我妈妈真的很棒！……我爱她，而且你知道吗？她也爱我！（永远爱我。）

（三）我们为什么选这本书？

亲情是一个永远聊不完的话题，读这两本绘本时，孩子们会惊讶于作者如此丰富的想象力。这两本书描绘了儿童眼中的父母，将抽象的父爱和母爱外化于形，通过一幅幅妙趣横生的图画将伟大的亲情直观地展现出来。此外，在阅读时与孩子们聊一聊自己的父母，会让他们回想起父母平日的温暖和爱。如果是亲子阅读，那这绝对是一个增进亲子沟通的好机会，父母可以像朋友一样平等地与孩子交流，倾听他们的心声，了解自己在孩子心中的形象，促使亲子关系更和谐。

（四）我们是如何互动式分享阅读的？

感恩节快到了，小陆姐姐想趁此机会和小朋友们分享《我爸爸》和《我妈妈》这两本绘本。

"孩子们，今天我们一起来读——"小陆姐姐边说边拿出绘本。

"我爸爸！"小宇和小乐一看到书的封面，就高兴地齐声说道。小陆

图1 醒目的格子纹

姐姐指着封面问:"你们觉得封面上的爸爸给你什么感觉?"

"很胖!""很可爱!""看起来很搞笑!"……小朋友们说。

小陆姐姐:"嗯,是的,那你们的爸爸是怎样的呢?"

想想:"我爸爸是严肃的,我很怕他,我做得不对的时候他会很凶地批评我。"

杏子:"我爸爸很能干,他好像什么都会,修灯泡、修自行车都行,我特别崇拜他!"

大家翻开第一页(图1),孩子们就被左边的面包吸引了:"哇!这片面包的花纹好新奇啊!像巧克力味儿的!"

眼尖的小雯立刻指着右边的图说:"不是的啦!是爸爸睡衣的花纹!"大家这才恍然大悟。

翻到下一页(图2),小乐说道:"哇!爸爸好勇敢!你们看,狼把小红帽和三只小猪吓得发抖了,都躲在树后面,爸爸却把他赶出去了。"

小陆姐姐:"你观察画面真仔细!"

小雯不服气地说:"我也看到了!而且我还看到门上面那幅太阳的画,

在带低年级儿童读绘本时,故事的导入显得尤其重要,良好的导入可以立刻使儿童产生阅读兴趣,让其迅速进入阅读状态。本次导入采用的方式是让孩子们联系自身谈谈自己的爸爸,这样可以拉近孩子与故事的距离,激发他们交流分享的意愿,增强阅读兴趣。

图 2 无所畏惧的爸爸

我记得第一页也出现了太阳的画。"

> 互动式分享阅读是对应试教育的一大补充，我们提问的目的不是为了获得一个所谓的标准答案，而是为了营造一种自由的阅读氛围，鼓励孩子们大胆揣测和想象，勇敢说出自己的想法。

大家赶紧把书又翻回第一页，果然如此，小陆姐姐说道："小雯真细心，还能想到前面的图，那为什么一直出现太阳呢？"

小朋友们就此展开了激烈讨论。

小乐说："因为爸爸喜欢太阳的画。"

小宇说："因为家里挂着太阳就感觉心情很好。"

想想说："是因为爸爸就像太阳一样，有力量和光芒，把不好的东西（大灰狼）都赶走。"

小陆姐姐听了以后肯定了孩子们每一种合理的猜测。

"我爸爸吃得像马一样多，游得像鱼一样快。"读到这儿（图3），小宇指着大鱼说："爸爸没有脚了！"

"是啊，我觉得大概是变成了尾巴。"杏子说。

"不过，爸爸的腰带还在呢。"小雯轻轻地说。

小陆姐姐："哦？爸爸一直有腰带吗？"

"是呢，"小雯边说边翻到前面指给大家看，"你们看，这件衣服

有，这件也有，爸爸一直都有腰带呢，而且他总是穿着这件格子的睡衣。"

孩子们就像发现了宝藏一样，一块儿找了起来，在随后的读书过程中他们特别关注画面。

"有时候也会做一些傻事。我爸爸真的很棒！"

小朋友们在读"我爸爸真的很棒！"时，读了好几遍，而且越读越响亮！

小陆姐姐："你们偶尔也会

图3 暴露了爸爸的腰带

图4 贯穿始终的格子睡衣

做一些傻事吧，爸爸也一样，你们还记得自己爸爸做过什么傻事吗？"

杏子："哈哈！我爸爸经常会到处找东西，其实东西就

互动式分享阅读特别注重大声朗读，尤其是低年级的学生。出声朗读时，孩子们不自觉地就会把自己对文字的理解体现在声音的抑扬顿挫、语速的急缓转变、语气的婉转曲折中，自然而然就走进了作品的语境中，"因声入境"，使他们能充分理解故事内容。

在他手上,每次都是我提醒他的!"小朋友们听了哈哈大笑。

"我爱他,而且你知道吗?"

"他也爱我!"孩子们一下子就猜中了,小陆姐姐很高兴地说道:"对!他也爱我!永远爱我。"

小陆姐姐:"在我们的生命中,除了爸爸以外,还有一个非常重要的人,她是?"

"妈妈!"小朋友们大喊道。

小陆姐姐:"对!接下来,我们就一起来读一读《我妈妈》。"

"我妈妈是个手艺特好的大厨师……她也是一个好心的仙子,我难过时,总是把我变得很开心。"

小陆姐姐:"刚刚我们聊过爸爸了,那现在来聊聊你们的妈妈吧!"

想想得意地说:"我妈妈是个魔术师,能把我乱七八糟的房间整理得干干净净!"

杏子不甘示弱:"我妈妈是个植物学家,家里的花草都是她养的,每

图5 妈妈不同的声音

一棵都漂亮极了!"

"她的歌声像天使一样甜美。吼起来像狮子一样凶猛……还像沙发一样舒适。……还是个大老板,她都是我妈妈。"

看到妈妈变成了仙子,小乐情不自禁地模仿起图上妈妈的样子来。

随后小宇也学起图上妈妈的样子,像狮子一样吼了两句:"小宇!快把东西收拾干净!小宇!该写作业了!"他惟妙惟肖的表演惹得同学们捧腹大笑。

小陆姐姐:"作者把妈妈比喻成天使、狮子、蝴蝶、沙发,那你们心目中的妈妈是什么样的呢?"

小乐:"妈妈的脑袋像科学家一样聪明,好像什么问题都能解决。"

想想:"妈妈安慰我的时候感觉像被子一样柔软、温馨。"

小陆姐姐:"你们把妈妈形容得真好!"

"我妈妈是一个超人妈妈,常常逗得我哈哈大笑。"

杏子突然说道:"哇!妈妈身上都是爱心!而且不止这里,我记得之前很多页也有!"

> 与传统阅读课不同,互动式分享阅读不是大人读、孩子听,而是一种让孩子投入其中的立体的阅读方式,对于画面的模仿是其中重要的一个环节,就像上文中的小乐和小宇,他们的模仿就是对故事的及时反馈,这也体现了他们阅读兴趣的提升。

图6 满是"爱心"的妈妈

图 7 太阳般温暖的爸爸和爱意满满的妈妈

大家开始迅速往前翻,他们发现妈妈的裙子、植物、吉他……上面都是爱心。这时小乐想到了刚才读的《我爸爸》,他说《我妈妈》这本书里出现的是红色、会发光的心形,在《我爸爸》这本书里出现的是黄色、会发光的太阳,这些都给人暖暖的感觉。

小朋友们听后一副恍然大悟的样子,十分赞同小乐的说法,并兴奋地到处在《我爸爸》和《我妈妈》中找太阳和心形。

小陆姐姐立刻就表扬了大家:"哇!你们真厉害!那还有什么共同点吗?"

> 《我爸爸》和《我妈妈》有很多的相似点,通常我们会放在一块儿给孩子读,引导孩子在阅读中进行对比和联想,既可以让孩子加深印象,又可以活跃思维,提高鉴赏力和分析力。

杏子发现这两本书中爸爸和妈妈衣服上的图案都没有变过。小乐觉得两本书都是关于亲情和爱的,有共同的主题。

读完《我妈妈》之后,小陆姐姐带着大家把这两本书又读了一遍,这次孩子们读一页《我爸爸》,再读一页《我妈妈》,这节阅读课就在孩子们快乐的读书声中结束了。

本次带读,小陆姐姐在最后布置了一个绘本

> 这两本书中还有许多值得孩子们挖掘的地方，比如：爸爸走高空绳索时，头上的云是呈皇冠状的；爸爸踢足球时，身后的云都成了球的形状，四棵树也分别变成了篮球、橄榄球、足球和网球的样子。安东尼·布朗的绘本总是隐藏了这么多"小秘密"等待我们去发现，因此值得孩子们一读再读，每读一遍都会有新的发现。

活动，希望孩子们给自己的爸爸妈妈画一幅肖像画，并在感恩节的时候送给他们。

带读志愿者 上海师范大学2011级小学教育本科生 陆超供稿

（五）带读者手记

在之后和班主任的交流中，我高兴地得知大部分孩子都完成了我布置的绘本活动，在感恩节之前他们为自己的爸爸妈妈画了肖像画，家长们都十分惊喜！绘本阅读成了亲子沟通的桥梁，阅读让他们心灵间的距离更近了。

此外，经过一学期的带读，孩子们在观察画面细节方面有了长足的进步，起初他们更多地注意文字，一本绘本10分钟就草草读完了，注意力也不太集中，会忽略很多故事细节，而现在一小时的阅读课孩子们注意力都非常集中，他们会观察画面、猜测情节、互相讨论，甚至有的孩子已经初步学会了带读方法，可以带领其他小朋友一起读了。

（六）绘本活动

仔细观察书中描绘爸爸妈妈的图片，为自己的爸爸、妈妈画几幅能表现他们特点的肖像画，并在肖像画下面写几句话来解释图画内容，在感恩节时送给爸爸和妈妈。

二 渴望父爱的女孩：读《大猩猩》

(林良译，河北教育出版社，2007年)

（一）谁创作的这本书？

本书的文字和图画作者安东尼·布朗（Anthony Browne）是英国超现实写实派画家。幼年时期的他是孤独的，父母忙于酒吧工作，而他又与哥哥们的年龄差距较大，安东尼经常一个人待在家里。小小年纪的他，却有着超强的想象力，总是幻想家里的某个角落里会出现什么可怕的东西，这段孤独而带有恐惧色彩的经历，让安东尼每每回忆起都心有余悸。他从小就很喜欢大猩猩，因而他的众多作品中都有大猩猩的形象。《大猩猩》中孤单、害怕又渴望父爱的小女孩安娜正是那个"心中充满恐惧"的小安东尼。安东尼·布朗善用不同的颜色和构图等绘画语言来渲染不同的氛围，在这本绘本中很多地方都能看出。

（二）这本书讲的什么故事？

《大猩猩》讲述的是小女孩安娜的故事，她渴望得到爸爸的关爱，可是她的爸爸忙碌、严肃又冷漠。安娜要过生日了，她跟爸爸要了一只大猩猩作为生日礼物。这天夜里发生了一件奇怪的事情，爸爸送的那只大猩猩玩具发生了令人惊异的变化……

（三）我们为什么选这本书？

在和孩子的交流中我们发现，父母因忙于工作而不能常常陪伴孩子的现象十分普遍，这在一定程度上给孩子留下了心灵缺憾。这一伤感的话题，却在作者的笔下演化成为"安娜"与"大猩猩"之间的温暖故事。在读故事时，孩子们会不由自主地分享起自己和爸爸的故事。这本书让成人有机会感受孩子对父爱的渴望，并知晓孩子独自在家时，是如何应对孤独的。

（四）我们是如何互动式分享阅读的？

图1　安娜和大猩猩亲嘴

阳光明媚的下午，娜萍姐姐准时来到学校，带着六名四年级小朋友围坐成一圈，开始了今天的阅读。

小朋友们一起大声读出了绘本的名字和作者，在观察了封面后纷纷说出了自己对故事的猜测。

"大家想象力真丰富！那我们一起来看看绘本给我们讲述了一个怎样的故事吧！"

图2 安娜和爸爸一起吃饭
（橱柜、地砖等用一种僵硬、呆板的格子图给读者以冷清暗淡的感受。）

翻页后（图1），飞飞喊道："哇，亲嘴！太恶心了！"

"恶心！""美女与野兽！"其他小朋友也有些反感。娜萍姐姐预料到了小朋友们的这种反应，没有多作评价，继续和大家读了下去。

"她爸爸没时间带她去动物园看猩猩。请他做什么，他都没时间。"

读到这里（图2），小朋友们都注意到安娜和爸爸吃饭的场景。

"爸爸在看报纸。"小晴抢先说。

"爸爸愁眉苦脸地看着报纸。"俊俊赶紧补充。

"安娜很伤心。"小婕缓缓地说。

"好像在吃饭！"冰冰生怕自己的话被忽视，大声地说。

"安娜好像在哭，这个厨房让我感觉好冰冷啊！"飞飞今天的观察特别细致。

"嗯，大家观察得很仔细。安娜的爸爸整天忙于工作，那小朋友们，你们的爸爸平常会陪你们做什么呢？"娜萍姐姐问道。

这个话题一下子让大家热闹起来："我爸爸经常出差的，很忙，都不怎么陪我。""我爸爸一天到晚都坐在电脑前面办公，特别忙。""我早上起来爸爸已经出门，睡觉的时候他才回来。""我爸爸有时也出差，不过会给我带礼物。"……

"这样啊，看来你们的爸爸和安娜的爸爸挺

> 关于爸爸这个主题的讨论结合了孩子们的的实际生活经验，既可以让他们把自己的想法表达出来，又能够在相互倾听中找到共鸣。小组阅读的优势在此得以体现，同伴的相似经历会减轻彼此的失落感，也有利于他们更加理解与珍惜自己和爸爸之间的情感。

第三章 亲子关系绘本精选精读

图3 安娜独自坐在房间的一角
（这是一个俯拍镜头，很像在舞台上，一束射光照着舞台的一角，读者仿佛可以感觉到全场寂静，只有小女孩孤独的叹息。）

> 很多家长反映在亲子阅读时，孩子的分享有时会不着边际，脱离了故事本身。互动式分享阅读鼓励儿童自由表达，但当孩子们说得离题万里时，成人可以通过提问、示范或表扬等方式，来引导孩子回归到对内容更为细腻的观察和体会上。

像的。那我们来看看爸爸不在的时候，安娜是怎么过的呢？"

看到安娜独自缩在墙角看电视的画面时（图3），小朋友们突然对安娜家房子的大小产生了兴趣："哇！这么大的房子！安娜家好有钱啊！""我的房间也挺大的。""我阿姨家的房间也特别大。"……

图4 蒙娜丽莎变成大猩猩了

娜萍姐姐试着把大家引回故事："仔细看看，你们在图上还看到了什么？"于是，小朋友们都凑上前去："画面上有黑黑的线条，很恐怖！""就安娜那儿有亮光。""墙上有幅非洲地图。"

娜萍姐姐追问："如果你们是安娜，你们的心情会怎样呢？""我会很伤心。""嗯，很郁闷！""会难过，爸爸没时间陪自己玩确实是件伤心的事。""我觉得很孤独。"……

图5 半夜,大猩猩将悄然出现
(这是一个仰拍镜头,床的栏杆像限制安娜的牢笼,床底的一片漆黑,给读者几许神秘感……)

说完,小朋友们陷入小小的低落中,但很快他们又继续读了下去。

"生日的前一天晚上,安娜上床的时候很高兴,因为她跟爸爸要了一只大猩猩。……"

小晴看着图画(图4)突然大叫道:"哇!蒙娜丽莎的头变成大猩猩了!""是啊!是啊!"

翻到这里(图5),小朋友们喊道:"这里墙上有猩猩的画!""台灯上还有猩猩!""安娜手里还有一只猩猩!"小朋友们这般细腻的观察让娜萍姐姐十分佩服。

接着,深夜里奇怪的事情让小朋友们爆发出惊奇的叫声:"哇!这只猩猩玩具变成了真正的大猩猩!好恐怖啊!"

"这真的假的啊?"小晴表示怀疑。

"看这娃娃吓得!"小婕笑着说。

"猩猩长大了!长大了!"悦悦高兴地说。

"这可能是她爸爸!"飞飞提出了他的猜想。

故事继续进行着,大猩猩穿着爸爸的衣服,带着安娜一起奔向动物园,然后又去看电影。

心急的飞飞又抢着说:"哇!你们看,自由女神像也是猩猩!猩猩还是超人!"

"大猩猩和安娜坐在最后一排呢!"细心的悦悦说道。

> 安东尼·布朗在绘本中埋下多处伏笔,让整个故事顺理成章,也让读者在阅读过程中时时感到惊喜。比如图4墙上的名画《蒙娜丽莎的微笑》,还有本绘本中的《画家的母亲》,还有卓别林等都变成了猩猩。这样的表现形式在《朱家故事》中也有明显体现。

图6 大猩猩带安娜去吃东西

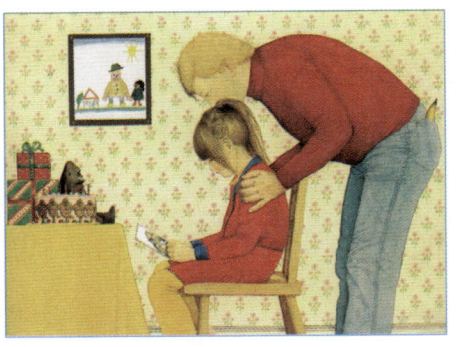

图7 爸爸买了生日礼物,并准备带安娜去动物园玩

> 这本绘本有好几处亮点在于前后对比,带读时,成人可以注意这一点。由于年龄较小,儿童的图片知觉广度较窄,不太能前后联想,这时带读者引导儿童前后对比,可以锻炼他们思维能力。随着分享阅读体验的增多,儿童也渐渐能理解图片中蕴含的情感。

但这时悦悦又好奇地问道:"大猩猩哪里来的钱呢?"

"我觉得这是安娜的梦!"冰冰说。

"安娜是大小姐,所以有钱!"俊俊说,"他们家有那么大一个房间!"

"还可能是因为大猩猩穿了爸爸的衣服,里面有皮夹子!"悦悦猜道。在随后的相互交流与讨论中,多数小朋友都赞同这是个梦!

"安娜说:'电影很好看,可是我肚子饿了。'大猩猩说:'没问题,我们去吃东西。'"

娜萍姐姐引导小朋友们进行对比:"你们有没有觉得这个场景(图6)很熟悉?"孩子们都立马想到了安娜和爸爸吃饭的场景,并赶紧翻回到前一幅(图2)仔细比对:"我觉得安娜和猩猩吃饭时更幸福、更温馨。""颜色很温暖,而且他们坐得更近!""猩猩吃得也很开心!"

娜萍姐姐点点头:"嗯,那我们再来看看这幅图(图1),现在还觉得他们亲嘴恶心吗?"

"不恶心!"飞飞改变了看法。

"这是一种礼仪！"小婕说道。大家纷纷附和，理解了亲吻的含义。

翻到下一页（图7），第二天，爸爸为安娜准备了许多的生日礼物。

"蛋糕上都是猩猩，打开蛋糕一定还是很多猩猩！"小晴兴奋地说，"而且这只玩具猩猩的眼睛对着安娜看呢！"

"爸爸屁股后面有根香蕉！"悦悦说。

这时飞飞激动地说道："看吧，我就说猩猩是爸爸变的，不然现在爸爸屁股后面怎么会有根香蕉呢？"

"好像是耶，你们看安娜与爸爸牵手的样子和之前安娜与猩猩牵手的样子好像啊！"

> 究竟大猩猩是安娜的一个梦，还是爸爸变的？我们没有标准答案。这种争论既可以活跃孩子们的思维，又可以使他们更深刻地理解安娜对父爱的渴望。正如安东尼·布朗先生常说的："孩子看世界的观点，多少亦真亦幻。"他笔下这个故事也在虚幻与现实之间展开，开放性的结尾给读者留下更多体味的空间。

"不对，我还是觉得这只是个梦，爸爸没有时间陪安娜去那么多地方玩的。""我同意！这些都只是安娜所期望的生活，不是真的。"……

这次带读在孩子们对于"爸爸是否真的来过"的争论中结束了。

带读志愿者 上海师范大学2013级发展与教育心理学硕士研究生 王娜萍供稿

（五）带读者手记

在本次带读中，孩子们细致的观察给我留下了非常深刻的印象。带读者的有意引导正在慢慢地淡化，更多的是孩子们自主地发现，这正是小朋友们观察和理解力提高的表现。另外，小晴的注意力比以前更加集中了，小婕也比以前更大胆、更自信了。孩子们的进步令人欣喜，期待看到他们更上一层楼！

（六）绘本活动

1.请你向小伙伴展示一张"我和爸爸"的合影，并和大家分享你和爸爸之间的趣事。

2.请你续写"安娜与爸爸"的故事。

三 对妈妈说说心里话：
读《妈妈你好吗？》

（蒲蒲兰译，二十一世纪出版社，2008年）

（一）谁创作的这本书？

本书文字作者后藤龙二毕业于早稻田大学，在校期间他经常在学校跟老师聊天，读学生的作文，观察他们的言行举止。他主张表现儿童真实的想法，《妈妈你好吗？》是从一个孩子的作文中获得灵感而创作的。

本书图画作者武田美穗毕业于日本大学艺术系，她在社区图书馆兼职时，曾为孩子读过大量绘本，这段经历让她领会到儿童对艺术天然的敏感，也让她积累了丰富的与儿童相处的经验，使得她的创作充满了生动、鲜活的力量。

（二）这本书讲的什么故事？

母亲节快到了，老师要求大家给妈妈写一封感谢信，可是小男孩却把它写成了一封"控诉信"，妈妈的口头禅"明白了没有？"

成为小男孩控诉的主要内容,因为他觉得自己已经四年级了,根本用不着妈妈担心。妈妈指责小男孩的房间是猪圈,把他好多宝贝都扔掉了,可是那些小东西都是他和妈妈美好的回忆……尽管如此,小男孩还是为妈妈准备了一份特别的母亲节礼物,猜猜妈妈收到礼物后会有什么反应呢?

(三)我们为什么选这本书?

通常孩子表现出的不耐烦,其实是在向父母表达"我长大了,用不着你们操心"。孩子那些看似幼稚的玩物,其实自有其特别的意义。孩子的哭闹、急躁让大人们颇为烦恼,但这都是孩子正常的需求表达机制,有时候他们希望引起大人的关注,只是找不到合适的方法。如何了解孩子的内心,并引导孩子正确地表达自己的想法呢?来和孩子们一起读读这本书吧!在交流中,不但可以发现自己在他们心目中的形象,也会启发你如何走进儿童的内心世界。

(四)我们是如何互动式分享阅读的?

又到了每周开心的读书一刻,今天,张引姐姐给孩子们带来了一本画风别具一格的绘本《妈妈你好吗?》。

姐姐还未说话,孩子们就看着封面自发讨论起来了。

"你们看,妈妈是贴上去的。"小龙指着封面上的妈妈说道。

"妈妈是用蜡笔乱涂的。"小凯说。

"这个小男孩在生妈妈的气,所以故意把妈妈画得很丑。"小辰若有所思地说。

"那你们看妈妈和小男孩的表情是什么样的呢?"张引姐姐顺势问道。

"小男孩和妈妈在生气,他很不服气。"小辰指着封面右下角的小男孩说道。

"妈妈也在生气呢,看,她还叉着腰呢!"小凯接着说。

张引姐姐说:"嗯,你们说得都很好!"

"妈妈你好!我很好哦。母亲节快要到了,我现在需要给你写封信……我说我想说的吧。"

"如果是你们要给妈妈写封信,你们想说什么呢?"张引姐姐。

小龙:"祝妈妈永远美丽、年轻健康。"

小菲:"感谢妈妈一直陪伴我、照顾我。"

张引姐姐:"嗯,你们真是孝顺的孩子!"

"第一个要说的:就是你的口头禅,不管说什么……所以,妈妈,你真的不用担心。明白了没有?"

张引姐姐:"文中妈妈的口头禅是'明白了没有',那你们的妈妈有没有什么口头禅呢?"

"有!好好学习!争取拿第一!"小凯立刻说道。

"我妈妈一直说:'你不可以玩,不可以打架,不可以开小差……'"小勇嘟着嘴说。

张引姐姐问:"对于妈妈的口头禅,你们会怎么回应呢?"

"那感觉可烦啦,特别是我心情不好的时候。"小辰说。

小凯赶紧补充道:"就是啊,每次考试考砸了,我很不高兴,但妈妈还一直说我。"

小菲皱着眉头不同意他们俩的说法,说:"妈妈一直唠唠叨叨也是为了我们好,这是爱我们,陌生人才不会跟你多说呢!"

张引姐姐说:"姐姐觉得小菲说得没错,妈

> 儿童通过观察故事人物的动作、表情、神态来揣摩主人公当下的心理状态,在长期的观察引导之下,孩子们的情绪识别能力会有明显提高,在生活中他们也能通过对细节的观察迅速了解他人的内心活动。例如文中的这组孩子通过长期阅读指导,在人物情绪识别和揣摩方面的能力已经相对成熟,可以根据妈妈和小男孩两手叉腰、皱着眉头、瞪着眼睛的动作和神情猜测到他们在生气。

> 互动式分享阅读给孩子们很多自由讨论、分享的机会,在这一过程中孩子们会相互交流想法,从而反观自我,产生思考,在讨论和反思中能够达到自我修正。

图 1 堆满玩具的房间

妈的唠叨也是爱你们的表现!每当别人对我一直说同一句话时,我也会不耐烦的,但是不耐烦也解决不了问题呀!所以我会先去做一些自己喜欢的事,等心情好了再跟他聊一聊,让他能够理解我的想法。"

"哇!他的房间比我的还乱!"小菲看着图画(图1)感叹道。

"我也喜欢把房间弄得这么乱,到处放满玩具。"小勇说。

"那你们都喜欢在房间里放哪些宝贝呢?"张引姐姐充满好奇地问道。

小朋友们争先恐后地喊道:"零花钱!""漫画书!""布娃娃!""贺卡!""我写给同桌的小纸条!"……

张引姐姐:"哇!你们的小宝贝还真多,那我们来看看小主人公都藏了哪些宝贝。"于是孩子们仔仔细细地找起宝贝来。

"第二个想说的:不要整天说我的房间'像猪圈',不经我的同意……发霉的年糕削掉了霉,我们不也吃了吗?干吗要扔掉呀?太过分啦!"

孩子们一边读,一边替小主人公打抱不平,"妈妈怎么可以这样呢!""真的很过分啊!"

张引姐姐说:"妈妈把小主人公的宝贝通通丢掉啦,他生气极了,你们遇到过这样的事情吗？"

小菲愤愤地说："我有一件很喜欢的衣服，虽然穿不下了，但还一直收藏着，结果有一天妹妹来我家玩，妈妈不经我同意就把它送给了妹妹，我气坏了，一整天都没理妈妈！"

小勇立刻接着说："我妈妈也会这样！我有一个放了很久的小机器人，是以前同桌送给我的，现在他已经转学了，所以我特别收藏着，结果被妈妈在大扫除的时候扔了！哼！"

张引姐姐："姐姐很能理解你们的心情，不过再生气那些宝贝也回不来了，但深厚的感情和美好的回忆会一直留在你们心里，对不对？你们可以跟妈妈说你有多么重视那些小宝贝，希望妈妈下次不要再这样了。"孩子们点了点头表示同意。

"那个满是虫眼的橡子，是我最最不想扔掉的！……回家的路上，你买了根冰棍儿，我们俩你一口我一口轮流吃，那根小棍我也一直好好留着……以后你能不能别管我，我的房间让我自己做主。"

"你们平时吃冰棍儿会留着小棍子吗？"张引姐姐问。

"不会！"孩子们异口同声。

张引姐姐："那书中的小男孩为什么要留着呢？"

"这是他和妈妈的一段美好记忆，妈妈平时很严厉，但是那一次他和妈妈很开心地玩了一天，所以小男孩会留着那根小棍子。"小辰说。

"跟那个橡子一样的，这也是他们两个亲密的见证，所以他才舍不得扔掉！"小勇说。

小龙说："我觉得虽然他对妈妈有很多不满，但他还是很爱妈妈。"

张引姐姐："你们讲得真好！故事开头提到这是一个母亲节，那你们在母亲节会送给妈妈什么礼物吗？"

"一个大大的拥抱，加一句'妈妈我爱你'！"

"我会编一条手链送给她！"

张引姐姐："你们的礼物都很棒！书中小男孩的礼物和你们的都不一

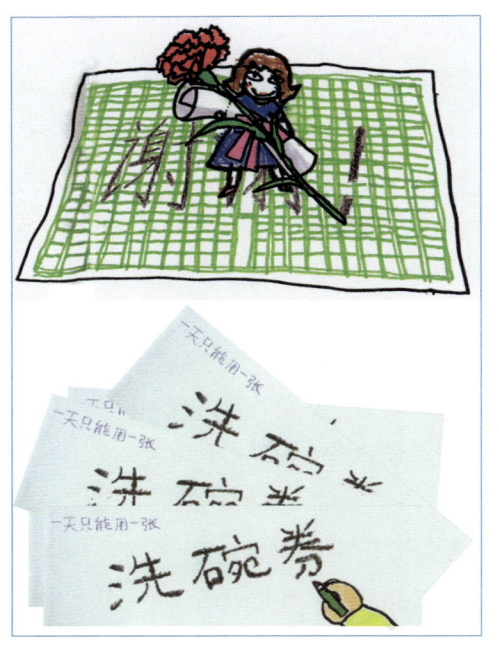

图2 给妈妈的温馨礼物

样,我们一起来看看他给妈妈送了什么礼物!"

"啊,对了,妈妈,你叮叮当当地做饭,哗啦哗啦地洗衣服……只能送你一朵康乃馨,还有一打洗碗券。节日快乐,妈妈!"

孩子们看到了妈妈收到的"礼物"后(图2),都觉得特别惊喜!纷纷讨论起了"洗碗券"。于是,张引姐姐问:"你们平时在家会帮父母做家务吗?"

"我每天都帮妈妈扫地!"

"有时候我会帮忙盛饭端碗。"

"不是我不想做,爸爸妈妈总是说只要我好好学习就行了!"只有小凯不高兴地说。

张引姐姐说:"我感觉得到,大家都有些话想对妈妈说。要不我们也趁着母亲节,写封信跟妈妈说说心里话吧,小凯你可以在信里跟妈妈说你很想承担一些家务哦!"

小辰:"要写多少字呀?用铅笔写吗?"

张引姐姐笑着说:"没有字数要求,用什么笔都行,就写些你想对妈妈说的话。"

小龙皱着眉头说:"唉,最讨厌写作文啦,我不想写!"

张引姐姐:"没事,那你把想告诉妈妈的话说出来。"

小龙:"嗯……我妈妈最近生病了,所以我希望妈妈把身体赶紧养好,然后我们就可以一起出去玩了。"

张引姐姐："说得很好呀，把你刚刚说的话写下来就行啦！"小龙笑着点点头，马上开始动笔了。

带读志愿者 上海师范大学2012级发展与教育心理学硕士研究生 张引供稿

（五）带读者手记

这次带读让我更进一步了解了孩子的内心世界，他们幼小的心灵需要我们大人去理解

> 写作是互动式分享阅读的拓展活动之一。许多孩子一提到"写作"就怕，缘于以下这些原因：一、无素材可写；二、有素材却不会书面表达；三、长度、结构、脉络等硬性指标要求高。因此，我们希望通过阅读，以读带写，帮助孩子克服这种恐惧感。我们的做法是：首先，在阅读中，用深入的讨论，让孩子得以将故事内容和生活经历相联系，这样素材就不缺了；其次，对于书面表达能力较弱的孩子，我们不强求他一定要写，可以先口头讲出来；最后，我们对文章篇幅、结构不强求，只要能把想要说的事情表达出来就行。我们相信，"吃故事"长大的孩子也更有机会创作出"好故事"！

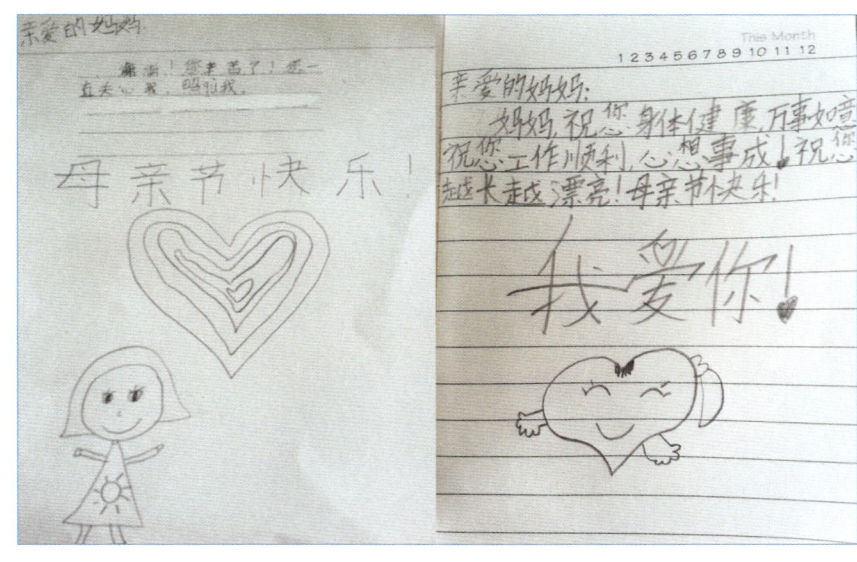

图3 给妈妈的信

和关爱。在带读的最后,我看了孩子们写给妈妈的信:小龙写了对妈妈的关心,"妈妈生病了,希望妈妈能够早点康复";小辰和小凯表达了一些对妈妈的不满……小朋友能够说出自己平时不敢或不愿表达的东西,相信这些也正是家长们最希望了解的吧!

(六)绘本活动

1. 你有什么心里话要对妈妈说吗?给妈妈写封信吧!

2. 回忆你与妈妈之间的故事,快乐的、忧伤的、生气的都可以,把它们用文字、图画或照片记录下来,做一份主题为"我和妈妈的回忆"的小报。

3. 绘本中,小男孩以"洗碗券"作为给妈妈的节日礼物,请你也为妈妈制作一张"愿望券",完成妈妈一个心愿吧!

四 生命教育的好绘本：读《长大做个好爷爷》

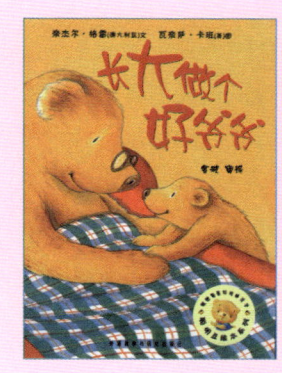

（金波审译，外语教学与研究出版社，2006年）

（一）谁创作的这本书？

本书的文字作者是澳大利亚作家奈杰尔·格雷（Niget Gray）。他三十岁开始创作，目前已有九十余部作品，其中大部分为儿童文学作品，出版在全球27个国家，被翻译成24种语言。

本书图画作者瓦奈萨·卡班（Vanessa Cabban）出生在英国。小时候，她的父母一直在国外工作，因此她从小就寄宿在学校。在孤独的童年时期，绘本成了她最好的伙伴。最终，她自己也成了一名儿童绘本作者。其代表作有《Down in the Woods at the Sleepytime》《Bringing Down the Moon》等，其中《长大做个好爷爷》尤其受到孩子们的喜爱。

（二）这本书讲的什么故事？

每周五，小小熊照例都会去看望爷爷。他最喜欢的，就是和爷爷爬到花园里的树屋上欣赏美景，听爷爷讲他还是小小熊时候的故事。但有一天，爷爷生病了，他只能在家里给小小熊讲故事了。再后来，爷爷讲不动了，只能换作小小熊给爷爷讲故事了……爷爷和小小熊的故事还会继续下去吗？他们还能再回到树屋吗？

（三）我们为什么选这本书？

在我们的教育体系中，生命教育无疑是有缺失的一课。因此，许多家长发问，亲人离世、亲情丧失这样沉重的主题，究竟应该如何传达给孩子？在表述时是现实些好还是浪漫些好？……显然，在这些问题上，我们难以给出绝对的回答。不过，《长大做个好爷爷》这本书倒是为我们提供了一些思路。故事中"爷爷"和"小小熊"的这份祖孙情，最终在这个家族中被世世代代地传承了下去。和孩子分享这样一个故事，恰是一堂难得的生命教育课——生命的终结并非完结，它会以另一种面貌延续下去。

实战篇

（四）我们是如何互动式分享阅读的？

十月的上海已有了一丝凉意，这样的季节尤其适合与孩子们一起分享一本温暖的绘本。今天，纤纤姐姐再一次来到学校，带着《长大做个好爷爷》，和几个四年级的孩子们赴一场有关阅读的约会。

"长——大——做——个——

> 在这之前，这个阅读小组已经经过一年左右的互动式分享阅读训练，现在孩子们已经能够较快地进入阅读状态，无须带读者过多地引导。事实上，这并不是个例。绝大多数孩子在经过半年多的带读后，都能掌握一些阅读和分享的技巧，自主完成部分阅读内容。

图1 在熊爷爷家里，小读者们有许多惊喜的发现

好——爷——爷——！"纤纤姐姐刚拿出绘本，孩子们就大声读起了书名。

还未等姐姐发问，小龙就发表了自己独到的见解："得先做个好儿子，再做个好爸爸，最后才能做个好爷爷。"小龙的话引起了大家的共鸣，孩子们纷纷点头。

"还要做个好姥爷！"小强适时的补充颇具幽默感，引得大家哈哈大笑。

"每个星期五，他们都会一起喝茶、吃点心……树上搭着一个摇摇晃晃的平台，爷爷管它叫'树屋'……他和小小熊就能顺着梯子爬到树屋上去。"

"这儿就是爷爷的家，你们看看爷爷家里都有些什么？"纤纤姐姐指着图（图1）问。

"爷爷家里有好多好吃的，我都饿了！""桌上有蜂蜜，熊就是爱吃蜂蜜！""还有两把伞和爷爷的拐杖！""墙壁上还挂着小小熊的照片"……眼尖的孩子们还发现爷爷把柔软的坐垫铺在小小熊的凳子上，而自己的凳子上却没有，孩子们对此的解释是："看得出来爷爷特别爱小小熊。"

"吃过茶点……爷爷管它叫'三熊山'……爷爷管它叫'金发姑娘的河'……但现在，那座烟囱已经不再冒烟了。"

孩子们对"三熊山"和"金发姑娘的河"产生了浓厚的兴趣，都争着

图2 爷爷给小小熊讲了他年轻时候的故事

在画面中指出"山"与"河"所在的位置。

"爷爷给小小熊讲了他年轻时候的故事(图2),那你们的爷爷有没有讲过这样的故事?来和大家分享一下吧!"纤纤姐姐说。

"没有唉!""不记得了。"……纤纤姐姐希望借此机会和孩子们聊聊他们与爷爷之间的趣事,没想到孩子们却被这个问题难住了。于是,纤纤姐姐试图用自己的经历启发大家:"我记得我小时候,我爷爷就经常给我讲他当兵打仗时的那些事,可惊心动魄了!"经过姐姐这一提醒,孩子们也打开了记忆的匣子,努力回忆起自己爷爷讲过的故事。

> 在回答与自身经历相关的问题时,确实会出现这种答不上来的情况。在这时,带读者的引导就尤为重要。这里提供一种方法——带读者示范。这样不仅能够帮助孩子活跃思维,也能够拉近带读者与孩子的距离。

"爷爷和小小熊经常爬到树屋上去……小小熊静静地听着,觉得特别幸福。"

鑫鑫灵机一动:"我知道他们为什么要去树上了,这样猎人就打不到他们了。"说得还挺有道理。

看到爷爷和小小熊在树屋上的快乐生活,丁丁不禁感叹:"我也好想有一个树屋啊,这样夏天好凉快。"

图 3 爷爷永远地闭上了眼睛

"不过也别坐太久,夏天树上虫子可多了。"小龙好心提醒丁丁。

"冬天也是,坐久了屁股会被冻僵的!"小强的幽默再一次逗乐了大家,笑声温暖了这个校园中小小的一角。

> 向伙伴倾诉,彼此聆听,是儿童排解负面情绪的一大渠道。而小组阅读自由、宽松、无压力的氛围恰恰为儿童提供了这样一个平台。在这里,儿童不仅可以享受故事,还能分享内心深处的秘密,沟通交流,共同成长。

"但是有一个星期五,小小熊去看望爷爷的时候……爷爷睡着了,睡得很沉很沉……'他不会醒来了。'"

故事到这里(图3),情节急转直下,孩子们也陷入到一片悲伤的气氛中。纤纤姐姐注意到,孩子们大多都低着头,甚至有个别孩子红了眼圈,连平时最调皮的小强也说:"鼻子酸酸的……"

这时候,一直不说话的小文轻声说道:"我爷爷也像书里的爷爷一样……"小文也抑制不住对爷爷的思念,眼里泛起了泪花。其他孩子连忙安慰她,阅读小组也成了孩子们情感宣泄的避风港。

"你们看,爷爷闭上眼睛时,嘴角还是笑着的呢!"最后,丁丁的意

图4 故事开始时出现"树屋"的场景

图5 故事结尾时再次出现"树屋"的场景

外发现缓解了大家的悲伤,大家一致认可爷爷在离开时没有痛苦。

"大家别急,故事还没有完全结束呢!"纤纤姐姐也安慰大家道。

"小小熊和妈妈回到爷爷住的房子。……小小熊抽泣着说:'等我当了爷爷,我一定要做个好爷爷,就像爷爷那么好。''会的,小小熊。'妈妈说,'你一定会的。'"

纤纤姐姐问:"你们觉得,一个好爷爷究竟是什么样的呢?"

"会像书里的爷爷那样给我讲故事。""会带着我散步。"……最后,丁丁忍不住感叹："小小熊一定很幸福，有这么好的爷爷，要是他还活着，小小熊会很开心的！"

故事读完之后，画面上（图5）再次出现了"树屋"，这一幕在故事的一开始也曾出现过。"你们看，爷爷走后，妈妈带着小小熊在粉刷树屋。"纤纤姐姐指着画面说道。

这时候小龙特别兴奋地指着画面说道："不，这不是妈妈，妈妈的毛发是咖啡色的，这个大熊是浅棕色的！"小龙这一发现马上引起了大家的关注，这一点纤纤姐姐在备课时也没有注意到呢！

小强提出了自己的见解："那可能是小小熊和爷爷的回忆吧！"

不过他的观点立刻被鑫鑫驳倒："小小熊是浅棕色的，而这里的小熊是咖啡色的。"

在大家争论不休之际，文文轻声说道："我觉得这是小小熊长大之后，自己成为爷爷，带着自己的孙子一起粉刷树屋。"大家听罢赶紧抢过书，脑袋凑到一块儿仔细观察之后说："真的耶！小小熊长大了！"文文的解读获得满堂喝彩。

> 孩子们的细致观察与解读令人惊叹，好多细节是带读者在备课时根本没有注意到的！其实，许多长期致力于儿童阅读的工作者，都会有类似的感受：孩子眼中的绘本和成人看到的不一样，在对绘本观察和解读上，儿童才是真正的"老师"！接触新绘本时，和孩子的分享讨论总会帮我们打开视野。我们要向他们学习的还有很多！

最后纤纤姐姐总结道："小文你太棒了！看来小小熊也变成了一个好爷爷。"

带读志愿者 上海师范大学 2012 级应用心理学硕士研究生 陈纤纤供稿

（五）带读者手记

文文对于全书最后"树屋"场景的解读，一直为带读志愿者所津津乐道。事实上，孩子们的想象力远不止于此，他们对这幅画的其他解读也惊艳至极——"这是爷爷还是小小熊时的场景,就是他口中的他年轻时候的故事。""这大熊也可能是小小熊的爸爸,因为他在故事中还没出现过呢!"……在孩子们的创意下,这个故事被赋予了更多的内涵和深意,家族与生命代代传承的深刻主题也在潜移默化中显现出来。

(六)绘本活动

故事中的"树屋"是爷爷和小小熊的快乐天堂,请你也设计一个属于你和家人的"乐园",用文字、绘画或手工等形式均可。设计完成后,在班级中展示,并向大家介绍你会和家人在"乐园"做些什么。

第四章 同伴关系绘本精选精读

什么是朋友？怎样才能交到朋友？如何维持和朋友的关系？

孩子在交朋友时的表现，家长并不能直接看到也难以引导，更谈不上教孩子如何交朋友。然而，同伴关系是十分重要且无法替代的，它是影响儿童社会化的一个重要的家庭外部因素。良好的同伴关系不仅能为孩子提供了解他人的机会，帮助孩子逐步学会合作与解决冲突，还能够为未来建立好的人际关系做准备。

在现实生活中，我们发现，有些孩子似乎天生就善于交友，并能和朋友相处得很好。而有些孩子则正好相反，他们或是侵略性太强，或是过于胆小，不敢主动交朋友，或是意识不到自己方法的不当。在读书的过程中，当一个小朋友不小心碰到其他人时，有的孩子会谦让地说没关系，可有的孩子则会毫不客气地还击。良好的社会应对方式是需要经过引导才能习得的。

本章给读者带来了四个不同视角下有关朋友的故事：小兔子喜欢和每个人交朋友；体形瘦弱的威利和强壮的休成为相互补差的好朋友；狐狸和獾性格迥异却能和谐相处；不善于主动交友的大猩猩却有咪咪这样一个特别的朋友。相信这四个故事一定会触动我们的内心，令惆怅于如何引导孩子交友的家长们豁然开朗。

一 让孩子擅交友：读《我爱交朋友》

（萧萍、萧晶译，湖北少儿出版社，2012年）

（一）谁创作的这本书？

本书文字和图画作者特蕾西·莫洛尼（Trace Moroney），是新西兰国际知名的作家和插画家，被人誉为"儿童情绪管理大师"。在生活中，特蕾西是一位风趣幽默、充满活力的人，喜欢看书，喜欢写作。她常说："这世上再也没有比写作让我更快乐的事情了。"虽然平日工作繁忙，她却始终将女儿放在第一位。女儿眼中的她，总是微笑着生活，是世界上最善解人意的妈妈。

（二）这本书讲的什么故事？

找呀找呀找朋友，找到一个好朋友。我喜欢和朋友们在一起……尽情地玩耍、分享与参与。

我们一起说说自己的快乐，还有烦心事，我们一起玩，一起笑，就连睡觉也会在一起。

找呀找呀找朋友，找到一个好朋友。好朋友的关心、照顾和友谊，让我觉得周围的一切充满温暖与和善。嘿，做自己真好！我的内心满是自豪和欢喜。

……

找呀找呀找朋友，找到一个好朋友。我们表达，我们沟通，我们交流，内心的小思想，还有情感的小秘密。虽然我们还很小，我们也会谈谈大梦想。我好享受这样的时光，这样的默契。

我喜欢和朋友们在一起。记住啦，要别人成为你的好朋友，首先得要自己成为别人的好朋友哦。嘿，我好喜欢我的朋友们！

（三）我们为什么选这本书？

利益是否一致？爱好是否相投？……在成人世界里，结交新朋友总是顾虑重重。而在孩子眼里，这却是一件再简单不过的事。我们总是能看到两个陌生的小孩不一会儿就能玩到一块儿。他们究竟是怎么做到的？《我爱交朋友》就从儿童视角，描绘了许多儿童交友的行为与策略，揭示了这一奇妙的过程。和孩子一起读一读这本书，不仅有机会了解孩子是如何结交朋友的，相信对成人也会有所启发。

（四）我们是如何互动式分享阅读的？

寒假里，上海的天气雾霾重重，李夏姐姐带着几个二年级的孩子躲进了绘本的世界。在那里，阳光满满，令人倍感舒心。

李夏姐姐首先向孩子们介绍自己："大家好，我叫李夏，大家可以叫我李夏姐姐，往后的每周我都会和大家一起分享故事。今天起，我们这个阅读小组就成立了！大家也都是第一次见面吧？先介绍一下自己吧！"

"我叫小雨！""我是小文。""还有我还有我，我叫小勇。"……几个孩子争先恐后地自我介绍。

"在读书之前，我们先做两个小约定好吗？"李夏姐姐说，"首先，在读完书之前，我们不做其他事。"

看到孩子们点了点头，李夏姐姐又继续说，"有小朋友说话的时候，其他人要认真听，等他说完自己再说。"

孩子们也表示了赞同。"好！既然大家都同意了，那就开始读书吧！大家看，这就是我们今天要读的书！"

> 第一次带读时，带读者和孩子建立阅读关系尤为关键。在这里，带读者率先自我介绍、宣布阅读小组成立、让孩子们彼此熟悉、明确阅读活动规则等做法，都是为了与孩子们迅速建立关系，消除陌生感，让孩子们对阅读活动产生参与感。

"我爱交朋友！"看着封面上的书名，孩子们兴奋地叫了起来。

"他们手上的冰淇淋看上去挺好吃的，我也想要。"一个孩子已经仔细观察起了图画。

"封面上的小兔子是我们今天的主人公，他要和我们一起分享故事，大家来和他打个招呼吧！"

"你好呀！""Hello!"两只小手迫不及待地伸过来，摸了摸小兔子。

翻开书，大家开始大声朗读起来："**找呀找呀找朋友，找到一个好朋友。我喜欢和朋友们在一起……尽情地玩耍、分享和参与。**"

读着读着，孩子们想到了《找朋友》这首儿歌，都唱了起来，顿时欢乐无比。

翻页后，孩子们说道："他们盖的被子好可爱，都是兔子的图案。还有墙上也挂着好多小兔子。"

> 这套情绪管理图书封面设计独特，画面上的小兔子有毛茸茸的触感，孩子们在带读前摸一摸、和小兔子打招呼，能增进孩子与书本的亲近感。

实战篇

"这有什么大不了,我的房间里贴满了恐龙,下次带你去看看!"

"那我也带你看我的房间,墙壁是粉色的。"两个孩子争着向大家介绍起了自己的小天地。看来孩子们和小兔子一样,天生爱交朋友。

"能不能向大家介绍下你们最要好的朋友?"李夏姐姐问。

小雨说:"我先来!我朋友小西扎两个小辫子,说话很轻。"

小勇说:"我朋友阿旭跟我一个班,我们都喜欢踢足球。"

小文说:"我家小猫咪是我的好朋友。"

李夏姐姐羡慕地说:"大家的朋友都很有趣!那和朋友在一起的时候是什么感觉?"

"不孤单。""很开心,很温暖。""不会感到痛。"……

接着,大家继续大声朗读起来:"找呀找呀找朋友,找到一个好朋友。……一起在雪地里打滚和滑冰……"

"看,他们在溜冰、滑滑板。阿旭也会溜冰!他说过会教我,这样我们两个就可以一起滑。"小勇看到画面(图1)后说道。

"你和好朋友有同样的爱好,一定会玩得很开心。"李夏姐姐说,"那其他人呢?"

"小西和我一样喜欢草莓味的冰淇淋!"

"可是,我朋友喜欢的东西和我不一样,我喜欢看书,他喜欢运动。"小文和好朋友的爱好不尽相同。

图1 兔子们在开心地滑冰

"是啊,小西很喜欢画画,她画得很好。我不太喜欢画。她画出好看的东西会送给我,那个时候我很开心。"

"我朋友喜欢唱歌,我只喜欢听歌,我常常听他唱。"

"那你们兴趣爱好不一样,在一块时玩什么呢?"李夏姐姐问。

"可以各玩各的。"小雨说。

"让他教我呀。"小勇说。

大家说了好多好多,但很显然,兴趣爱好不同并不影响他们成为朋友。

"在读下一页之前,我们先玩个小游戏好吗?"李夏姐姐说。

"好啊!""好呀好呀!"孩子们点头赞同。

"假如你们班来了一位新同学,他坐在了你旁边。你想和他交朋友,你会怎么做呢?大家试着表演下吧!"

于是,几个孩子纷纷开始邀请身边的小伙伴。

"你好,我是你的新同桌,我叫……"小静和小文率先表演了起来。

"你的发夹真好看,在哪里买的呀?"

"嘿嘿,小雨,你的橡皮掉在地上啦,我帮你捡。"小勇也拉着小雨演了起来。

孩子们演得很认真,用的办法也各有不同。

"大家表演得都很棒!那接下来,我们看看小兔子在交友时有什么秘籍好吗?"李夏姐姐指

图2 小兔子的交友秘籍

小兔子的交友秘籍其实就是我们常说的交友策略。日常生活中,孩子可能会在无意识中使用了一些策略。通过这个小游戏,可以让孩子对比自己的行为,相互学习,反思自己的交友过程。

图3 流泪的小兔子

着画面上(图2)"表达自己的关注和兴趣"以及"体贴与周到"这两个标签说,"看,和你们的一样吗?小静和小文关注到了她们感兴趣的发夹,小勇则体贴地帮新朋友捡橡皮。"

孩子们托着脑袋想了想,"好像是喔!"

"原来小兔子的交友秘籍你们已经在用了,真聪明!"李夏姐姐笑着说。

"啊,小兔子哭了。肯定是碰到什么伤心的事了。"书翻到这儿,孩子们发现了图画中(图3)小兔子在流泪。

"大概是被大人们骂了。不过没关系,旁边的小兔子在安慰他。他很快会开心起来。"小文说。

"大家有没有遇到过什么伤心难过的事?"李夏姐姐问。

"我考试分数不好时被爸爸骂了。""我弄脏裙子的时候妈妈说我了。"

"那你们是怎么度过的?"李夏姐姐又问。

"我会告诉好朋友。""我朋友会跳出来帮忙。""我的朋友会站在我这边。"

这时,小静回想起自己的经历:"我不开心的时候,小倩会一直陪我说话。感觉有个人在旁边就是最大的安慰。"

时间过得很快,小兔子的故事到了尾声。

"故事到这里就结束了,我们再从头读一次好吗?"李夏姐姐问。

> 对于年龄较小的儿童,我们尤其重视大声朗读。因为朗读的过程中,声带运动会刺激大脑皮层的听觉区和运动区,视觉区也会同步工作,这样就加强了记忆效果。在互动式分享阅读中,带读者可以设计分组朗读、分角色朗读等多种形式的朗读活动,让"读"也变得有趣味。

"好啊，可以男生读一部分，女生读一部分吗？"小文问。

"当然可以！那么，我们开始吧！"

"找呀找呀找朋友，找到一个好朋友。我喜欢和朋友们在一起……"

这一次，孩子们读得格外大声，他们还分成男女生各自朗读，默契十足。

再次读完整个故事后，李夏姐姐合上书："最后一个问题，如果你们没有朋友，会怎么样？"

"我先说！"小勇抢在了前头，"如果没有朋友，就没人和我一起踢足球，没人教我滑冰。"

"如果没有小西，就没人陪我一起吃草莓冰淇淋，没人画画送给我，我不开心的时候也没人会陪在我身边。"小雨说。

"不能没有朋友，朋友很重要，'三人行必有我师，择其善者而从之，其不善者而改之。'"小静的答案引得大家哈哈大笑。

在一片笑声中，我们结束了今天的带读活动。室外的天气依旧雾霾重重，室内却已洒满欢乐。

带读志愿者 上海师范大学 2013 级发展与教育心理学硕士研究生 李夏 供稿

（五）带读者手记

《我爱交朋友》的主人公是一只爱交朋友的小兔子，从它的故事里我们学会了如何交朋友。巧的是，这次带的几个孩子也是初次见面。随着故事的推进，他们从最初自我介绍时的陌生，到分享体验时的渐渐熟悉，再到最后在游戏和表演环节变得默契十足。孩子们在阅读的过程中成了朋友，而我很幸运地成为这一过程的见证人。

我们非常推荐《儿童情绪管理图画书全集》这套丛书，该丛书尤其受到年龄较小的孩子的欢迎。今年暑假的一天，六岁的小侄子到我家里玩。本来吵着闹着要玩电脑游戏的他，在发现这套书之后立刻就被吸引住了。在他的强烈要求下，我们一连看了好几本，连吃饭都忘了。

最后,他还依依不舍地说:"这些书比机器人和奥特曼动画片还好看,我明天还要来读!"我由衷感叹,美妙的绘本和快乐的阅读确实拥有这样的魔力!

(六)绘本活动

1. 制作一张"交友卡片",在卡片中,你可以列出很多有关你的信息,比如"你最喜欢的颜色""你的爱好"等等,然后附上你的"自画像",把它送给你想认识的一位朋友。

2. 尝试在自己学校里找一个新朋友,把他/她介绍给班里的同学们,并说说你们成为朋友的过程。

二 做对别人有用的人：
读《威利和朋友》

（崔维燕译，二十一世纪出版社，2013年）

（一）谁创作的这本书？

安东尼·布朗（Anthony Browne）是本书的文字和图画作者。阅读安东尼的作品，时常会惊讶于作者出其不意、充满幽默的表现方式，而书中带给孩子们的希望与愉悦，是儿童文学作品最难能可贵的珍宝。大猩猩"威利"是他塑造的生活在绘本中的"男孩"，也是安东尼本人童年的"缩影"。

（二）这本书讲的什么故事？

威利个子小，大家都叫他"小废物"，没人愿意和他一起玩，他很孤单。在公园里，威利偶遇了身材魁梧的大猩猩"休"，两个人很快成了朋友。休轻易地吓跑了找威利麻烦的"大鼻子"，而当休被一只蜘蛛吓了一跳时，威利会有什么样的表现呢？

(三) 我们为什么选这本书？

家长们都知道交友重要，然而什么是朋友？很少有家长能说得清楚。的确，这一抽象概念难以用语言向孩子们解释。在《威利和朋友》中，安东尼·布朗讲述了瘦小的"威利"和巨大的"休"相遇、相识、相伴的过程。他们无论是外形还是性格都完全不同。通过绘本这一图文结合、形象生动的媒介，家长们可以自然地和孩子分享关于对朋友的理解，在孩子们心中建立具体的"朋友"概念。

(四) 我们是如何互动式分享阅读的？

何奇哥哥走进教室时，孩子们已经把凳子摆好，围坐在一起等待着带读活动的开始。

> 我们在阅读时通常围坐成半圆，带读者需要将书面向孩子，这样的形式可以让每位孩子都能清晰地看清楚图画与文字，同时还能让孩子们的注意力始终集中在带读者和绘本上。带读者在带读前要精心备课，清楚地了解绘本内容，才能保证带读活动顺利进行。

"大哥哥，今天我们读什么书？"一向活跃的欣欣首先发问，于是何奇哥哥拿出绘本。

"威——利——和——朋——友！"大家大声地读出了书名。

"先来看看本书的作者，还记得他吗？"何奇哥哥问。

"安东尼·布朗，"孩子们齐声读出了作者的名字，"我知道，我知道！我们读过一本讲大猩猩的书，就是大猩猩把安娜带到公园去玩的那本！"欣欣激动地说。

> 开始读绘本前，带读者要向孩子介绍文字与图画作者。特别是之前接触过的作者，再读到他的作品时，孩子们更容易产生亲近感。新接触的作者，应先补充作者的创作背景，帮助孩子们能更快地进入作品。

"封面上哪个是威利呢？"何奇哥哥问。

"大的是威利，另一个是他的朋友！"云云说道。其他孩子都赞同她。

"为什么大的是威利呢？"

"因为，威利嘛！和'威力'一样，感觉很有力量，这个猩猩那么强壮，所以是他。"云云解释道。大家也这么认为。

小朋友们总是对环衬上的图画感兴趣，这次前环衬图画上的香蕉又吸引了他们。

"肯定因为猩猩喜欢吃香蕉！"欣欣摸着头问，"咦？怎么每串香蕉都只有两根？"

"是不是一根给威利，一根给他的朋友啊？"伟伟小声地猜测。

"嗯，我们先往下读，待会儿再回来看看。"何奇哥哥说。

一件花毛衣呈现在扉页上。

欣欣马上说："这好像是那只小猩猩的衣服啊！"说着翻回封面仔细比对，"真的是小猩猩的衣服，可能小猩猩才是威利吧？"

"……每个人都有朋友，只有威利总是一个人。"

图画上（图1）丰富的角色吸引了孩子们的注

> 孩子们在阅读中会有很多猜测，可能会天马行空，偏离书本内容与主题。传统语文教学中经常只有一个评判标准——"标准答案"。事实上，孩子对故事的解读是没有"对"与"错"的，孩子们说的是他们瞬间的感受。在小组阅读中，带读者应当耐心聆听孩子们的真实想法。

图1 孤单的威利

> 带读过程中，我们允许孩子们自由地发言讨论，在这样的环境中，他们会更愿意表达自己的想法。孩子们相互间的讨论会激发他们的表达意愿，碰撞出更多精彩的回答。

意。他们开始在图上找有朋友的人，有的指着成对跑的狗说："他们有朋友！"还有的指着野餐盘子里成对的饼干说："他们有朋友！"……

琪琪的答案充满诗意，她说："就连天空也有朋友，风筝就是天空的朋友。"何奇哥哥拍手夸道："琪琪真是一位小诗人！说得真好！"内向的伟伟也不甘示弱，指着图画说，"看，那三个猩猩摆成了一个'山'的形状，站在上面的还摆出一个'大'的形状，他们三个朋友就像一座大山一样！"伟伟的回答赢得了大家的掌声。

何奇哥哥问道："威利这时候的心情是怎么样的呢？"

"失落，孤单，伤心。"旭旭总结，"因为他没有朋友。"

"大家叫威利'小废物'，谁都……两个人撞到了一起。"

巨大的"休"出现了。"休好高大啊！"看到这儿孩子们不禁发出感叹，"整个画面都是休！看，他们撞上了！"

何奇哥哥问："接下来会发生什么呢？"

"休可能会很生气，因为他看上去很愤怒，眼睛睁得好大！"

"他撞了人应该要道歉！"

"'唔，对不起！'休说。威利听了很惊讶……'应该我说对不起'……"

"休居然没有生气！"

"他们在互相道歉呢！看来一定是因为互相道歉然后成为朋友了。"

"没错！威利和休因为意外相识成为朋友了，能不能说说你和你的朋友是怎样认识的呢？"何奇哥哥问。

"我的好朋友是明明，我们家住得很近，每天一起回家就成朋友了。""我和小亮是一起学游泳时认识的。""我们是在操场上踢球的时候认识的。"……孩子们回忆了自己与朋友相识的过程，每个人都迫不及待地和大家分享自己和朋友的故事。

图 2 大鼻子的出现

图 3 休帮助威利解围

"……爱闹事的大鼻子出现了。'嘿……'他嘲笑道。这时……大鼻子吓得飞快地跑掉了。"

细心的伟伟指着大鼻子（图 2）说："看！他帽子上有个小脸，跟着他的表情在变化。"

欣欣评价道："大鼻子比威利大，但是休比大鼻子大，大鼻子本来是想欺负威利，但是一看到比他强壮的休就退缩了，所以大鼻子是欺软怕硬的人。"

通常孩子们只关注到休和威利体形上的差异，而伟伟的回答与众不同，发现了他们的共同点，"休长得太大了，而威利太小了，所以都没什么朋友。"

旭旭最后总结道："所以大大的休和小小的威利就成为好朋友了。"

"于是，威利和休去逛动物园。"

图 4 逛动物园

图 5 受到惊吓的休

旭旭边笑边问:"这个栏杆里关的怎么是人?"

欣欣自信地解释:"因为在大猩猩的世界里,人就是动物。"

云云说:"那应该叫'人类园'吧。"说着,模仿起图画上(图4)人类的表情。

"……从图书馆出来,走着,走着,休突然停住了脚步……"

何奇哥哥发现小朋友们好奇的表情,问道:"休看到了什么呢?"

"是不是一只老鼠蹿过来了,老鼠很吓人的。"

"休这么大,怎么会怕老鼠呢,我猜是出现了一条蛇。"

"也可能是一只凶猛的狗,对着他叫个不停。"孩子们面露惧色地说着。大多孩子都认为,体形巨大的休害怕的也一定是个恐怖的"大家伙"。

"原来休怕的是蜘蛛啊!"当看到这"大家伙"时,大家都忍不住大笑起来。

"'需要我帮忙吗?'威利问道。接着……"

"居然是威利帮休移走了蜘蛛。"琪琪笑得更开心了,"其实威利不是'小废物'!"个子最高的旭旭边点着头边结结巴巴地说:"其实,我也挺怕蜘蛛的。"这时,个子最小的伟伟拍了拍他的肩膀,得意地说,"我不怕,以后我来帮你吧!"看,我们小组也出现了一对"威利"和"休"。

"……而且,你看!"

孩子们发现威利和休穿着一样的衣服,很是欣喜。

"他们一定是成了非常好的朋友,所以才穿一样的衣服。"

"可能休只是把外套脱了,他本来里面穿的就是和威利一样的衣服。"

图6 好朋友威利和休

图7 前后相同的环衬

> 孩子们表达了自己对"朋友"的不同理解。有的认为两个外表、性格截然不同的人,在成为朋友后,就会有越来越多的共同点;还有的认为他们本来就有很多相似的地方,所以成为了朋友。朋友这一抽象概念,我们应该如何向孩子们说明呢?通过绘本这一图文结合的媒介,可以把朋友的概念具象化。从这些孩子的不同回答中,他们已经慢慢形成了自己对"朋友"的理解。

后环衬上又出现了与前环衬一样的画面,琪琪感觉有些不妥,"大哥哥,我觉得前后环衬画可以改一下。前面的香蕉应该改成一根一根的,后面的才是两根一串的,因为威利和休成了好朋友。"琪琪独到的见解获得了我们的一致赞扬!

带读志愿者 上海师范大学2012级发展与教育心理学硕士研究生 何奇供稿

（五）带读者手记

先前我们对小学生进行访谈，发现孩子们在叙述自己曾经读过的书时，对内容总是模糊地介绍，记得作者的更是少之又少。而此次带读中，当我问及孩子们是否记得曾经读过的安东尼·布朗的作品时，出乎我的意料，大家都印象深刻。

除此以外，我们小组中伟伟的表现让我欣喜。他听到旭旭说害怕蜘蛛，主动提出帮助。初次见到伟伟时，他的回答总是轻声轻语，不愿意主动发言。近三个月的带读中，我发现伟伟渐渐地变了——他愿意与大家分享了，愿意表达自己的意见了，愿意尽量放大声音让大家听了。这样的改变得益于我们在阅读过程中运用开放式提问、自由探讨、积极关注、积极评价等方法。运用这些方法，家长们在带孩子共同阅读过程中，一定也会惊喜地发现孩子们的变化。

（六）绘本活动

你的好朋友是谁？他们在你眼中是什么样的？请给你的朋友画一幅肖像画，把他们介绍给你的爸爸妈妈。

三 可笑的小气鬼：读《烟花》

(邓正祺，明天出版社，2012年)

（一）谁创作的这本书？

本书作者邓正祺是一位80后的绘本作家，学服装设计的她，毕业后以画画为生，喜欢到处游走。她的作品《葡萄》曾获第一届"信谊图画书奖"图画书创作佳作奖。之后她又创作了《烟花》。小狐狸和獾的友谊又给读者们带来一次轻松愉快的阅读享受。

（二）这本书讲的什么故事？

狐狸和獾是好朋友，他们长得很像，生活习惯也很像，但在性格上却大不一样。有一天，他们买来了三个漂亮的烟花，狐狸大方地与朋友们分享，而獾只愿意找一个秘密的地方和狐狸分享。他们翻山越岭，总算找到一个"没有别人的地方"，这下可以欣赏美丽的烟花了吧！但真的是这样吗？

（三）我们为什么选这本书？

朋友之间到底应该怎样相处？是患难与共，还是一方心甘情愿为另一方付出？对于孩子来说，这是一个深奥的话题，即使是家长也难以说清。

我们发现，很多孩子与好朋友之间的相处模式就如同狐狸和獾一样，虽然性格迥异，却能相处得很默契。事实上，每一份友情的背后，可能都需要有一方让步，作出妥协。妥协和让步确实是一件很难的事情，但又是孩子必须学会的。

孩子在阅读《烟花》的同时，能隐隐约约看到自己或朋友的影子，不禁会联想到自己与朋友之间发生的故事，在这个过程中，孩子会发现妥协也是一种顺其自然的快乐。

（四）我们是如何互动式分享阅读的？

今天，小朋友们特别兴奋，因为又到每周最快乐的阅读时间了。宜园姐姐还没到，小朋友们就已经找到了一块属于自己的"领地"，并排坐在地上期盼地等待着。

宜园姐姐刚把书拿出来，"《烟花》，跟《葡萄》很像，就是有一只狐狸的那本。"悦悦反应最快，立刻就想起半年前读过的《葡萄》。

悦悦这么一说，其他小朋友也都发现了。小博指着封面，大声读道："明天出版社——《葡萄》也是这个出版社出的。"

"哦——"大家似乎恍然大悟。"就是以前读过的那本喔！""这只狐狸很像《葡萄》里面的狐狸呢！"

"对啊，跟《葡萄》里面的狐狸长得很像呢！那——这另外一只是什么动物呢？"宜园姐姐问道。

> 以旧带新法是互动式分享阅读常见的一种导入方法，它可以让孩子了解同一作者的不同作品。此外，还能够为孩子提供一次回顾阅读经历的机会。

图 1　狐狸和獾在看书

"是狐狸!""好像是松鼠哎!""明显一只尾巴长一只尾巴短嘛!""狐狸的尾巴也是长的。"……

"嗯,都有可能哦,那我们等会儿看看他到底是什么动物呢?"宜园姐姐在这里先卖了个关子。

"小朋友们,今天我们要读的这本书很特别,能不能发挥一下你们的想象力,猜一猜这会是一个什么样的故事呢?"

"两只狐狸放烟花的故事。""有可能他们俩是夫妻,结婚的时候放烟花。"宜园姐姐听到此话,有一点讶异,不过转而一想,觉得还是挺有道理的。

"从前,有一只狐狸。"

"狐狸最大的特点就是狡猾!"小朋友愤愤地说道。

"奸诈""阴险""可恶""聪明""是假聪明"……

宜园姐姐:"原来狐狸这么可恶啊,那这本书中的狐狸到底是什么样的呢?会不会也一样令人讨厌呢?"

"这本书中的狐狸肯定是善良的!"悦悦斩钉截铁地说道。

看到獾和狐狸的背影,小朋友们纷纷猜测:"他们在看风景""对,他们在看夕阳""我觉得他们结婚了""我感觉他们在面壁思过"……

"獾好贪吃,他好吃懒做。""他们还喜欢看书,可是他们这样子看书是不对的,一个趴着一个躺着,对眼睛不好的。"琳琳看着图画(图1)说,说罢,她还挺起胸来,一本正经地将绘本移至距离眼睛一尺左右的前方,示范起正确的看书姿势。

看到琳琳的示范,宜园姐姐忍不住夸奖:"嗯,你的示范动作真标准,既然大家知道了正确的读书姿势,下次看书时可要留意点哦!"

翻至下一页(图2),"你看——獾就切这么一小块给狐狸,太小气

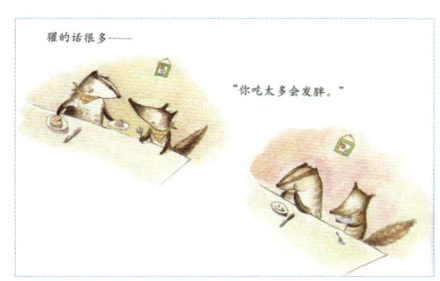

图2 "你吃太多会发胖"

了吧!""应该一人一半。""他还算什么朋友啊!"大家你一言我一语气愤地说。"是啊,好霸道的獾啊!""可怜的小狐狸。"……小朋友们都对狐狸表示同情,这可与读书之前他们对狐狸的印象相差甚远啊!

> 很多老师和家长在孩子做得不对时特别着急,但又没有方法。事实上孩子并不是不愿意做,而是年幼的孩子自我反思能力相对匮乏,无法正确评估自己的行为,比如年幼的孩子能说出别人的优缺点,而说不出自己的。通过同龄人之间的交流,孩子更容易接受正确的方法。

"我爸爸过生日的时候也是这样,他就给我和妈妈留一小块蛋糕。""我爸爸也极其像獾,吃完蛋糕就玩电脑。"……小朋友们马上就联想到了自己的爸爸。"我们家没有人像獾哎!"一位小朋友自豪地说道。

"这时候狐狸会怎么想呢?"

"书上说'狐狸都觉得很有道理'。""不可能,他们俩肯定会吵架的。""我觉得后来狐狸有点不满了,就把獾引到森林里,然后让他一个人在森林里,面对各种各样的野兽,让他受受罪。"……大家都说得不亦乐乎。

"我们看到獾和狐狸之间是这样的,那你们和小伙伴在一起时会怎样呢?"

"我们才不会像獾这样呢!""如果我们有一块蛋糕,我们就会平分。"看到狐狸和獾买烟花的情景(图3),"你们仔细观察一下,獾和狐狸在买烟花时有什么区别啊?"宜园姐姐问道。"哦,我知道了,狐狸很讲道理,他先付钱再拿烟花,而獾直接把烟花抢过来再付钱。""獾付钱很不情愿,很小气,而狐狸很大方。""獾真贪心。"……

图3 狐狸和獾买烟花

图4 动物们都来看狐狸放烟花

图5 獾拽着狐狸去放烟花

在带读过程中，我们发现，儿童对绘本的解读能力有时候比成人都要强，他们观察图片特别仔细，而且能够有自己独特的感悟。

"狐狸美滋滋地找了个空旷的场地，点燃了自己的烟花……"

"长颈鹿、猴子、蛇、鸵鸟、鸭子、松鼠、兔子、毛毛虫、啄木鸟……"小朋友们观察得那么仔细（图4）。

翻页后（图5），孩子们看到现在轮到獾放烟花了，可是小气的獾不愿意与别人分享。于是，他躲进帐篷，结果被烟花炸得一团黑。"自作自受、自食其果、咎由自取……"獾狼狈的下场引得孩子们哄堂大笑。

当读到"这是我们的烟花，不要别人看"时，小博语重心长地说道："我觉得獾已经进步很多了，他之前说烟花是他自己的，现在都说'我们'了，而且他还一直牵着狐狸的手。"

"如果要找一个没人的地方，你们会选择哪里？"宜园姐姐问道。

"我选择火山口！在那放烟花可漂亮了！"小杰说得两眼放光。

"如果是我，我就把烟花抢来，在大家面前放，先给点了，这样獾就没办法了。"小伊说道。

"他们走啊走啊……这儿真

图 6 动物们都看到了烟花

的没有人了。"

"他们要是在山顶上放的话,岂不是能让更多的人看到了?"小伊很有预见性地猜到了结尾,她的想法也得到了大部分孩子的认同。

小杰:"大家都在睡觉了,谁会看到啊?"

"我想到了刘邦的部队把项羽围了起来那个故事……对,就是'四面楚歌'!"小博的联想能力真强!

"夜晚,烟花太亮了,所以,所有的动物都能看到。"小朋友们看到画面(图6)后的笑声说明他们理解了这个结局。

"故事读完了,如果是你们,你们会选择貛的做法还是狐狸的做法啊?"宜园姐姐问道。

大部分孩子选择了"狐狸",但是小杰另有高见:"我觉得貛是故意的,为了做好事不留名,如果是我,我就选择狐狸的想法、貛的做法,因为在山顶上放,看到的人更多。"小杰的一番见解引起了孩子们的思考。

阅读结束后当然少不了大家喜欢的表演环节。分配角色时,大家都抢着表演貛。欢声笑语中,大家一起体验了这对好朋友的故事。

带读志愿者 上海师范大学2012级发展与教育心理学硕士研究生 卢宜园供稿

(五)带读者手记

《烟花》这个故事虽然篇幅短小,却将狐狸和貛这对朋友的性格特征表现得淋漓尽致。我们在带读过程中发现,孩子们观察得甚至比带读者更细致,比如在看到貛和狐狸喝饮料时,孩子们发现墙面上的小花倾向貛这一侧,并指出这是因为貛比较霸道,要把花占为己有。在故事的结尾,貛和狐狸来到山顶，烟花在夜空中绽放，森林里的其他动物真的看不到吗？不是的，小朋友们一致认为山顶的高度、夜晚的黑暗足以让所有人都能看到绚烂的烟花，这种准确的解读让带读者感到很意外。

（六）绘本活动

分角色表演。《烟花》中的獾和狐狸性格特征鲜明，通过表演可以唤起孩子的新奇感、好奇心，能产生较大的戏剧效果。孩子在表演中，会忘我地由"扮演角色"到"进入角色"，体悟朋友间的微妙情感。我们在表演时，可以通过海选分配角色，让孩子们共同商量决定自己的角色，实际上，在分配角色的过程中，也是对孩子协调能力的锻炼。

四 如何收获友情：
读《我有友情要出租》

（方素珍，郝洛玟，新疆青少年出版社，2013年）

（一）谁创作的这本书？

本书文字作者方素珍是台湾著名儿童文学作家，童书推广人，《儿童文学作家》杂志主编。她毕业于台湾辅仁大学教育心理系，现致力于幼儿文学创作，曾因翻译过《花婆婆》而被大家亲切地称为"方婆婆"。她的作品曾获洪健全儿童文学奖、杨唤儿童诗奖、国语日报儿童文学牧笛奖等。

图画作者为郝洛玟，在多雨的基隆长大的她，喜欢小动物，如小狗、小猫等，也喜爱画画，更爱儿童绘本创作。

（二）这本书讲的什么故事？

孤单寂寞的大猩猩想交朋友，于是在森林里一棵大树上挂出了告示：我有友情要出租，一小时五块钱。恰好骑车路过告示牌的小女孩咪咪愿意租下友情，让大猩猩陪自己玩。发生了什么事情让大猩猩真正走进了快乐的友情世界？又发生了什么事情使大猩猩在树下等待下一个朋友呢？

（三）我们为什么选这本书？

现在的孩子多是独生子女，容易以自我为中心，缺少主动去结识新朋友的意识，就像这本书中的大猩猩一样，善良而羞怯但却非常渴望拥有友情。

本书在描绘自然单纯的友谊图景之外，画者还特意将小老鼠、小斑马等各种小动物穿插其中。绘本中，广远深邃的丛林或近在咫尺的身边，从来都不乏关切而友善的目光，而大猩猩始终没注意到。因此，阅读时不妨鼓励孩子们细心找找图画里隐藏的潜在的"朋友"。孩子们会发现：友谊需要用心追寻，世界并不缺少爱，只等一双发现爱的眼睛。

（四）我们是如何互动式分享阅读的？

又是一个雨天的周末，但小朋友读书的热情却丝毫不受天气影响。这天，小瑞、小祥、小杰和小文四个四年级的小朋友早早地来到了约定的地点。

梦翔姐姐这次带来的绘本是《我有友情要出租》，说到友情，小朋友们有很多的话要说。在读故事之前，大家都分享了自己的好朋友有哪些特质：讲义气、善良、耐心、好脾气……

梦翔姐姐问："大家说说看，我们平时会出租什么？"

> 在互动式分享阅读中，遇到孩子陌生的概念，志愿者先判断孩子是否理解，并作出解释，避免陌生的词语影响孩子对绘本内容的理解。

孩子们炸开了锅："出租车！""租地，在学校旁边租一块地盖个体育馆。""就是用钱租东西，那个东西可以二手用的。"……

"对，出租就是把自己的东西暂时给别人用，并收取一定的费用。"梦翔姐姐解释道。

接着，梦翔姐姐带着小朋友们欣赏绘本的封面。

> 绘本的导入可以从标题和画面入手，一边带着孩子解析标题、展开合理的想象，一边引导他们观察画风、人物等细节。有了解析、观察之后，猜测不再是"天马行空"，而是变得"有迹可循"。

活跃的小瑞率先说道："画面上有一只大猩猩，他的眼神好像很忧伤，很不开心的样子。"

"还有一个可爱的小姑娘，在自由地玩耍。"小文补充道。

"看了这幅画，大家猜猜是谁要出租友情呢？"梦翔姐姐提出问题。

小文首先发表意见："你们看封面，大猩猩表情是很沮丧的，但小姑娘一直在笑，所以我觉得是小女孩要出租友情。"

小瑞有不同意见："我觉得是大猩猩要出租友情。封面上，小女孩只能跟木偶玩，说明她很孤独。而大猩猩有树林里很多动物陪伴。"

绘本一开篇，小朋友们就被大猩猩鲜红鲜红的围巾吸引了，索性就说那是"红领巾"。仔细一看发现，大猩猩寂寞得很，没事儿只能变着花样和小蜘蛛玩：和蜘蛛躲猫猫、把蛛网当做弹弓……小朋友们不忍心让大猩猩一直如此寂寞，把绘本接着往下翻。

"有一天，他在大树上贴了一片叶子，上面写着：我有友情要出租，一小时五块钱……这时候，咪咪骑着脚踏车过来了……大猩猩立刻把咪咪的一块钱收进背包里。"

于是计时开始，大猩猩和咪咪这对刚刚结成的好朋友开始玩起了游戏——石头剪刀布。可是孩子们看着图画（图1），发现大猩猩只懂出"布"。

图1 大猩猩和咪咪玩石头剪刀布的游戏

> 孩子对于主人公动机的猜测五花八门,这需要一定的观察能力和对人物共情的能力。这种猜测有时候可能会不着边际,因此带读者在聆听的时候要有耐心,不要急于评价、下结论或是贴标签。耐心地倾听或许会收获令人惊喜的答案。

梦翔姐姐问:"你们说说看,为什么大猩猩玩石头剪刀布只出布?"

"因为猩猩比较原始,他的手不能分开来,不会出剪刀。"小杰说出了他的看法,"也可能是因为大猩猩拿了咪咪的钱,不好意思再让咪咪吃亏。"

小瑞:"大猩猩可能觉得赢了会踩疼咪咪,所以只出布。"

小文:"大猩猩想要咪咪继续陪着他玩,所以让着咪咪。"

"这里怎么会有两个兔子的影子?"小杰的发现引起了大家的注意,于是大家纷纷往前翻去找线索。翻到扉页(图2),"这里还有猎豹!"小瑞又有新发现。

"犀牛!""斑马!""河马!""鸵鸟!"……小朋友们你一言我一语地说出自己的发现。

"好多小动物,姐姐都是才发现呢,小朋友们观察真细致!"梦翔姐姐赞叹道。

图2　图画中藏了好多小动物　　　　图3　大猩猩打翻沙漏

"……大猩猩只好被踩了一下又一下，但是，好不容易有人和他玩，他巴不得沙子不要漏得那么快呢！"

翻页后（图3），"咦，你们看，大猩猩把沙漏打翻了！"小杰注意到一个细节。"是的！他不想时间过得那么快！"小朋友们表示赞同。

一转眼，大猩猩的钱袋子都装满了，他的小罐子里也有了不少的钱。之前藏在树林中的小动物都出场了，梦翔姐姐问："大家觉得大猩猩为什么没跟树林中的小动物交朋友？"

孩子们又集思广益起来："猩猩比较高级，觉得那些动物比较笨，不愿意跟他们做朋友。""小动物没有钱，付不起一块钱的租金。""其实大家都很想跟大猩猩交朋友，只是都没有说出来，他们都躲在后面偷偷地看。"

"你们说得非常棒！这天咪咪一直没有来，我们看看到底发生了什么吧！"

翻页后（图4），小文有了新发现："你们看！咪咪把小娃娃留给了大猩猩！"紧接着，小瑞就猜想，大猩猩把他标志性的红围巾送给了咪咪

图 4 大猩猩目送咪咪离开

作纪念。大姐姐听了大家的想法，完全被他们的观察力和想象力折服了，连连大呼："你们太棒了！"

咪咪走了，大家都沉浸在一种伤感的氛围中，沉默不语。

梦翔姐姐打破沉默问："如果大猩猩不收钱，你会和他成为好朋友吗？"善良的小朋友们都频频点头。

"我相信一定会的！我和我的朋友从来就不买友谊！"小文笃定地说。

"没错，我的哥们儿今晚还要来我家和我一起玩电脑呢，一切都是免费！"小杰开心地说。

梦翔姐姐很喜欢小朋友们天真善良的回答，听完后也和小朋友们分享道："没错，最美好的东西永远是免费的，比如阳光、空气、好朋友和很多很多爱你的人……"

"小女孩走了，你们觉得大猩猩还能交到朋友吗？"梦翔姐姐发问。大家都对大猩猩充满信心，一致认为可以。

大姐姐接着问，"那你们觉得大猩猩下次会用什么办法？"

"你看这一页上（图5），架子上有大猩猩的照片，他可以

> 从绘本内容出发，再让绘本照进我们的生活，这是带读者和孩子们最喜欢的方式，或许也是绘本阅读最吸引人的部分之一！

图 5 大猩猩与咪咪的回忆

图 6 夕阳下的大猩猩和小老鼠

在森林里把自己的照片挂出来征友啊!"小杰把绘本翻回几页,满脸认真地说。

"这些东西好像都是咪咪和大猩猩的回忆啊,"小瑞接着解释道,"你看这有沙漏和硬币,花肯定是咪咪送给大猩猩的,照片应该是咪咪帮他拍的。"

"我好想让咪咪回来陪大猩猩。"小文撅着嘴失望地说道。

最后一页(图6),夕阳的余晖打在猩猩和小老鼠的身上,大家都认为他和小老鼠已经是好朋友了,这段新的友情缓解了咪咪的离开给大家带来的失望。

带读志愿者 上海师范大学2011级应用心理学本科生 何梦翔供稿

(五)带读者手记

我们组的小祥同学有一定程度的阅读障碍,经过一年多的带读,他有了明显的进步,开始习惯并且乐于朗读文字了。刚开始他总是不自觉地点读,而且读起来磕磕巴巴,容易出现破句,读大段的文字更显得吃力。上次带读,他的朗读还非常生涩、困难、被动,但是这次却如有神助,不仅在流畅度上改善不少,还主动要求朗诵,真是难得的进步!一年多以来,孩子们在观察力和表达力上都进步了不少,对阅读也产生了浓厚的兴趣。带读结束时,小瑞一脸依依不舍的样子,他两手摸着绘本,低下头默默地说,"我们今天要是能再看一本就好啦!""对呀,姐姐,真想每天都可以见到你,和你一起看书!"小祥也抬起笑脸,满脸微笑地看着我。一时间又是感动又是欣慰——能听到小朋友们如此喜欢和我们一起阅读、分享,真是发自内心的高兴!

下一次带读,大姐姐希望通过让小朋友们续写故事的方法来了解小朋友们的进步程度。他们能把天马行空又充满童真的想象变成流利的文字吗?接下来,就让大家和大姐姐一起期待并且祝福小朋友们有新的进步吧!

(六)绘本活动

1. 咪咪的离开是不是让你觉得有些难过?你喜欢这个结局吗?按照你喜欢的结局改编或续编故事。

2. 试着写一份属于你的征友启事吧!

3. 除了张贴告示,还有什么有创意的交友方式呢?想一想,做一做!

第五章　童年愿望绘本精选精读

　　童年，是初夏荷塘里的阵阵蛙鸣，是摇曳在春风中的新绿柳枝，是结在屋檐下水晶般的冰棱，自然，美好，纯粹。伴随着我们童年的便是那一个个看似遥远却又充满希望的梦想。"长大了，我想当个宇航员，去看看地球以外的世界。""我想做个警察，把所有的坏人都抓起来。""我想当科学家……"儿时的我们通过作文大赛、朗诵比赛向世人炫耀着自己梦想，可是真正实现它却要经历一个漫长而艰难的过程。已是成人的我们是不是连大声喊出自己梦想的勇气都没有了？我们甚至会怕别人嘲笑自己梦想的渺小与荒诞，会受不了别人的指指点点，那时，我们可能连做梦的能力都没有了……

　　本章的《莎娜想要演马戏》《小恩的秘密花园》《大脚丫跳芭蕾》通过丰富细致的画面和充满想象力的故事情节告诉孩子：当你有梦想时，无论多么渺小，你要付诸行动；当你遭遇困境时，你要乐观面对；当你的梦想被别人嘲笑时，你要坚持到底。不需要千篇一律的说教，不需要苦口婆心的劝说，更不需挖空心思的宽慰，只需轻轻拿起这些绘本，跟随莎娜体验一把她那说走就走的马戏团表演，和小恩一起培育出世界上最美丽的花儿，握着贝琳达的手一起翩翩起舞。也许你会遇见给你帮助给你温暖的"小丑"，也许你会碰见对你冷嘲热讽的"评委"，但你要用"小恩的微笑"来面对所有的一切，到那时，埋藏在心里的"助梦种子"就会悄悄发芽，肆意生长，而你就在实现梦想的路上。

一　梦想是这样实现的：
读《莎娜想要演马戏》

（王星译，南海出版社，2010年）

（一）谁创作的这本书？

本书文字作者是古德荣·梅布斯（Gudrun Mebs），有戏剧学习经历的她跟随剧团走遍世界，后来投身于儿童文学创作。她创作的儿童电视剧、广播剧和舞台剧深受孩子们的喜爱。故事中"莎娜"的形象有梅布斯自己的影子。

本书图画作者是来自德国的昆特·布霍茨（Quint Buchholz），曾为全球著名的出版社绘制过无数封面、插图和海报，堪称德国插画界的巨匠。布霍茨创作的绘本也为人们所称道，其作品对日常生活场景有着精准的描绘，以自然界的光影变化来烘托环境氛围，给人如临梦境般的神秘美感。他曾荣获德国青少年文学奖、德国绘本大奖等多项殊荣，代表作品有《莎娜想要演马戏》《晚安，小熊》等。

（二）这本书讲的什么故事？

莎娜是一个特别的小女孩，她不像别的小女孩那样喜欢洋娃娃。她呀，喜欢演马戏！瞧，她的家里有一个微型马戏团，那是她在自己的小天地里用玩具装扮起来的，有模有样。有一天，真的马戏团来了，莎娜迫不及待地收拾行装，追随而去。结果，莎娜在马戏团里碰尽钉子，但也结交了一个朋友——小丑。在小丑的帮助下，莎娜终于有机会登台演马戏了！莎娜的第一次尝试成功与否？又会有哪些挑战在等待着莎娜呢？

（三）我们为什么选这本书？

这本绘本的主人公莎娜古灵精怪却敢想敢做，对待自己的梦想，有着及时而坚定的行动力。她渴望成功，也懂得保护自己，同时更善于自我调整。这样的女孩是很多孩子心中理想的自己。

绘本中符合逻辑却又暗藏寓意的一幕幕场景，极具想象力却又不脱离现实的故事情节吸引了不同年龄段的读者，哪个孩子不希望像莎娜这样精彩的事发生在自己身上？孩子们学会的是及时用行动去实现自己的梦想；学会的是困境时怎样保护自己，如何调整心态。这，有什么理由不被置于每个孩子成长的重要位置呢？

（四）我们是如何互动式分享阅读的？

今天，梦婷姐姐带来的绘本是《莎娜想要演马戏》。带读开始前，梦婷姐姐很宝贝地把书抱在怀里，一看就知道很喜欢这本书。

> 与孩子互动时，细微的表情和动作都会产生暗示作用。这里，带读者表现出爱护书本、珍惜书本的姿态，孩子自然会感受到带读者对图书的喜爱，这种情感会在不知不觉中传达给孩子。因此，要想让孩子爱读书，带读者自身先要修炼成爱书之人。

阅读还没开始，梦婷姐姐先问："大家听说过马戏表演吗？"问题一抛出，孩子们就热火朝天地讨论开来——

"我看过猩猩表演算数。"

"还有鹦鹉，不仅会数数，还会学人说话。"

"嗯，还有猴子，它帮忙干活。"

"大家都看过呀，那我们看看这本书里的马戏是什么样的吧。"

这时，平时不爱说话的小珉在梦婷姐姐旁边小心翼翼地轻声说道："这本书，呃——我觉得这本书看封面就知道应该蛮好看的。"听了这话，梦婷姐姐乐在心里，小珉难得主动表达自己的感受。

"那我们一起来读一读这个故事吧！"

"莎娜想要演马戏——"大家齐声读出了标题。

"姐姐，你看！这个帐篷的地方肯定是马戏团！莎娜要去了！"斌斌指着封面抢着说。

"第一次见到演马戏还要带猫的。"小博士一板一眼地说。

"她带猫去是因为在马戏团里她一个人也不认识，带猫去就有人陪她玩了。"柔柔很认真地推测道。

"有可能是只野猫，不是她自己养的。"斌斌表达了自己的不同想法。

"嗯，是不是野猫我们留到后面再找答案吧！"梦婷姐姐想让斌斌自己去寻找合理的答案，故意卖了个关子。

"嗨！等等，这个马戏团怎么建在荒郊野岭啊？"柔柔十分疑惑。

带着问题，梦婷姐姐翻到第一幅图（图1），这时，斌斌大声说："我看这个有窗户的车厢应

实战篇

> 相较于一对一的形式，小组阅读对于带读者的要求更高，挑战更大。带读者需要"耳听六路，眼观八方"，不仅要关注孩子们的发言内容，更要关注孩子们的情绪反应和性格特征。在小组中，小珉的性格较内向，不擅长分享。因此每当小珉愿意主动分享时，带读者都要鼓励她，和她进行相对较多的互动，包括语言的、肢体的和眼神上的交流。

图1 孩子们一下发现了两节车厢的不同

该是给师傅住的,他们要表演,要住得高档一点,印着老虎的车厢应该是给动物住的!"孩子们纷纷表示赞成。

梦婷姐姐翻到第二页(图2),斌斌看了图画后恍然大悟,修正了自己之前的猜测:"那只猫应该是莎娜自己养的,不然不会出现在她家里。"

小珉则对莎娜准备如此不足就出发感到担心。

"你们觉得马戏团里的人会是什么反应呢?"

小博士说:"我觉得他们会让莎娜表演一下,可能让她的猫表演从呼啦圈里钻过去。"

"她会被拒绝的,不是谁想演就能演的,要练好久的。"斌斌很肯定地说。

图2 莎娜的家里俨然是个"小马戏团"

> 孩子们争相表达自己想法的时候,带读者并没有给出肯定或否定的评价,而是做一个聆听者。因为随着故事情节的发展,孩子们自然会不断调整和修正自己的猜测和判断。

故事中，莎娜屡次被拒绝，直到遇见了小丑。读到这里，梦婷姐姐停下来问大家："你们猜猜看，莎娜最后有没有演成马戏呢？"

"我觉得她可能和小丑一起表演了。因为她想演，想到就要立刻去做。"柔柔感同身受地说道。

"理想很美好，现实很残酷！"小珉总结道，"莎娜一直被拒绝，是因为刚开始莎娜总说自己是'马戏高手'，太骄傲了，其实她什么也不会。而见到小丑时，莎娜不那么骄傲了，而且演小丑也不像别的表演那样需要高超的技术，所以小丑答应让莎娜一起表演。"

大家对莎娜的表演满怀期待。

"我总觉得这个猫好像在叹气啊。"柔柔看着图画中（图3）的小猫略带忧伤地说道。

"我觉得把那只猫带上去，说不定能演得更好。"小珉出声道。

在绘本里，主人公的宠物往往占据着很重要的角色。它们是主人公内心的真实写照，通常会伴随主人公一同出现，呼应着主人公的情绪。这里，孩子们会注意到猫咪，是因为随着故事情节的发展，他们已经把猫咪看成是莎娜的一部分了（图3，4，5）。

翻到新的一页，美丽而精致的画面再次引发了孩子们的讨论。

"哈哈，他的裤子开线了。"

"肯定是故意的！他的裤子只用了一条很长很长的线，稍微缝了一下。"小博士肯定道。

孩子们跟着莎娜经历了一场充满意外但效果极佳的小丑表演。小丑的表演结束了，但故事似乎还没有结束。

"感觉小丑好善良，他帮助莎娜，还送她回家。"孩子们沉浸在故事结尾的温暖之中。

带读进入尾声，梦婷姐姐选择了一个片段让孩子们表演，大家立刻又兴奋起来，柔柔自告奋勇地担当起了旁白兼导演，为此小珉有点小小的失落，她也很想当旁白。不过大家很快就协调好，给了她一个很可爱的角色——苹果。值得一提的是，孩子们还给梦婷姐姐分配了一个角色——马戏团里的老虎！

图3　画面左侧孩子们独特的关注点——"疲倦的猫咪"　　　图4　画面右侧"眼睛发亮的猫咪"

图5　画面中间"猫咪同情又饱含安慰的眼神"

> 在表演阶段，角色分配是很重要的一个过程。作为带读者，尽量避免去干涉孩子们的决定。孩子们自行分配、协调，在角色分配的过程中提高交流能力、学会合作、融入集体。

表演正式开始啦！斌斌扮演的是飞刀手，小博士则是他的靶子。他们还拿树叶当"刀"，还有"小猫""箱子"都尽职地跟在莎娜的身后爬来爬去；小导演的"Action，go！"也说得有模有样……

表演结束，梦婷姐姐招呼大家坐下，问道："在你们的生活中，有没有像莎娜想要演马戏一样想要去做的事情呢？"

"我想去普林斯顿，想当教授！""我想回到古代，看看李白杜甫是怎么写诗的。""我想穿越，看看打仗，看那些枪是怎么做的。"……

"那你们打算怎样完成这些事呢？"

"好好学习，学习好多知识……"看来我们的阅读带给孩子们的不仅仅是快乐,更有难能可贵的兴趣与好奇心,这些都将带领孩子们不断去探索,不断去学习。

带读志愿者 上海师范大学 2011 级应用心理学本科生 杨梦婷供稿

(五)带读者手记

每次带读的小组中可能都会有不太爱分享或不愿开口大声朗读的孩子,我们应该多与其互动、安排其单独朗读一段文字,以此增强他们的参与性。记得第一次带读时,小珉几乎不主动发言,偶尔问到她,也是极其简短的回答。但是几次带读下来,小珉这一次阅读的时候已经能很自然地表达自己的观点了。正是这种互动式分享阅读,给孩子表达、宣泄的机会,从而让孩子学会了正确处理情绪的方式。

对于注意力容易分散的孩子,我们也会安排单独朗读,以进行注意力集中训练。斌斌是个活跃的孩子,这样的孩子很容易会忽略别人的看法,会对任何事物都感兴趣,这样难免分散注意力。对待斌斌要从行为塑造开始,让他学会倾听他人,让他从最基本的朗读中学会集中注意力做好一件事。

(六)绘本活动

1. 和你的小伙伴们谈谈你"人生中的第一次"(如第一次独自上讲台、第一次独自去买东西、第一次自己过马路……),分享第一次的挫折和喜悦。

2. 曾经是否有一个像小丑帮助莎娜一样给过你帮助的人,无论他/她给你的帮助是多还是少,请仔细说说你接受别人帮助的经历以及当时的内心感受。

二 阴霾中的阳光女孩：
读《小恩的秘密花园》

（郭恩惠译，河北教育出版社，2007年）

（一）谁创作的这本书？

本书文字作者是萨拉·斯图尔特（Sarah Stewart），图画作者是戴维·斯莫尔（David Small），他们是美国著名的童书作家和插画家夫妻档。他们合作的绘本《小恩的秘密花园》获得了美国图书界最重要且代表最高荣誉的奖项——美国凯迪克图书奖。

（二）这本书讲的什么故事？

由于家里遭遇经济困难，小恩不得不暂时独自搬到居住在城市的舅舅家去。那是一个冷冰冰的城市，没有小恩喜欢的鲜花，只有一个不会笑的舅舅。但是，乐观的小恩并没有因此失去快乐，她隔三岔五地会给远方的爸爸、妈妈和奶奶写信，告诉他们自己的近况。

与此同时,她也在酝酿一个伟大的计划——让舅舅笑起来。那让我们一起走进小恩的世界,看看她是如何实现自己的计划吧!

(三)我们为什么选这本书?

大人总是希望孩子能生活得一帆风顺,但是生活中却会遇到不同的困难,因此从小开始培养他们乐观的性格就显得尤为重要。《小恩的秘密花园》呈现了一个乐观、积极的女孩,在家庭遭遇变故后来到陌生的异地,用自己的力量一点一滴地感染、温暖着周边人的感人故事。希望小恩能把"正能量"传递给大家,用乐观的心态笑对生活中的困难,这样未来才会充满希望。

(四)我们是如何互动式分享阅读的?

"今天我们读什么呀?"海燕姐姐把书摊开,将封面和封底(图1)同时呈现在孩子面前。

孩子们齐读:"小恩的秘密花园!"

"你们在封面上看到了什么呢?"海燕姐姐问道。

像《小恩的秘密花园》这样,封面和封底是一整幅跨页图的绘本还有很多。在展示这一类封面时,带读者可以将封底与封面同时呈现,连贯的画面可以让孩子更好地进行封面预测,新奇的呈现方式也能激发孩子对绘本的兴趣。

图1 《小恩的秘密花园》封面和封底的合页

"哇,封面和封底是连起来的!"小婕惊讶地说。

"对耶!我猜这是去秘密花园的秘密通道!"小龙指着画面上长长的楼梯,猜测道。

"秘密花园一定就是除了她自己以外,谁也不知道的花园!"顺着小龙的思路,彬彬也大胆地说出自己的看法。

"听上去很有道理哦,那我们就到今天的故事里找一找答案吧!"大家满怀好奇,开始了今天的阅读之旅。

扉页上,小恩和奶奶正从菜园回家。这幅图(图2)引起了孩子们热烈的讨论。

"这个就是小恩的秘密花园!"小龙激动地捂着嘴,眼睛睁得大大地望向海燕姐姐,好像发现了新大陆。

"这不是菜园吗?哪里是花园?"小晴指着图上花花绿绿的颜色,边摇头边说,"有白菜、萝卜、番茄……"

"哇,她家的菜园好大哦!而且不仅有蔬菜,还有好多漂亮的鲜花!"小婕很支持小晴的看法,还自己作了补充。

"是吗?那我们接着读,看看是不是和你们想的一样?"听着孩子们有理有据的推理过程,海燕姐姐佩服地点点头,把书翻到了下一页,与孩

图2 《小恩的秘密花园》扉页

图 3 小恩写的第一封信

子们一起进入了正文部分的分享阅读。

这本绘本的文字内容以书信形式呈现，所以海燕姐姐决定让小朋友轮流朗读。

小龙自告奋勇读了第一封信（图 3）。海燕姐姐问大家："你们觉得小恩家发生了什么？"

小婕："没人给妈妈做衣服，爸爸没有工作。"

"你们快看奶奶的表情，"小晴引导大家看图，"愁眉苦脸！"

"还有小恩也很伤心，你看他们在打包东西。"小龙补充道。

"唉，小恩家在乡下，比较贫苦。舅舅住在城里，要把小恩接过去住。"小晴提出了自己的猜测。

"**亲爱的妈妈：您为我做的衣服真漂亮……每次我不小心睡着，都会梦到花园呢。爱你们的小恩。1935 年 9 月 4 日在火车上。**"

彬彬读完小恩在火车上写给父母的信后，大家都沉默了一会儿。

"小恩在想她的花园。""或许在思念奶奶吧！""小恩好可怜啊！"……

海燕姐姐将绘本翻到下一页，画面上（图 4）出现了一个黑色阴冷的火车站，小恩形单影只地站在走廊上。"火车站好暗啊！只有小恩是彩色的，只有她站的地方有光。""都没有人，她有点儿害怕。""她可能在

图 4　小恩独自站在火车站的走廊上

想吉姆舅舅怎么还没来接她。"

下一封信由小晴读,她的语速有点快,朗读时常常漏字。看到这个情况,海燕姐姐把小晴的小手放到了书上,示意她指着慢慢读。这回小晴不仅语速变慢,而且不再漏字!

孩子们不太喜欢吉姆舅舅。"吉姆舅舅是个不会笑的人。""你们看舅舅的眉毛都皱在一起!""舅舅好严肃,看来这舅舅没什么幽默感。"

海燕姐姐表示赞同,接着又问大家:"小恩那么喜欢花,可是到了舅舅这里,竟然没有一朵花儿。如果你们是小恩,会有什么感觉?"

"肯定很失望,有点儿想家了!""我会偷偷地种一点花。"

海燕姐姐惊喜地说:"哇,你们和小恩想到一起去了!"

"亲爱的妈妈、爸爸和奶奶:谢谢你们寄给我的种子目录……念完了还放进他的口袋里,拍了几下。爱你们的小恩。1935 年 12 月 25 日。"

小婕读完,大家就七嘴八舌地讨论起自己的发现。大家看到舅舅很认真地在读小恩的诗,

> 带读者对孩子们精彩的回答给予反馈,并运用口头与肢体语言表达对孩子们的回答的赞扬,这样多元化的反馈不仅是真诚的表扬,也是对孩子们积极表达自我的行为的强化。

图 5　脏乱的天台

图 6　小恩的秘密花园

看到舅舅乱糟糟的家里有一堆东西没有洗,看到了一棵漂亮的圣诞树和奶奶送的一包花苞……

　　看到大家能仔细地观察画面,海燕姐姐高兴地鼓掌:"哇,你们观察得都好仔细,发现了好多姐姐都没发现的细节呢!"这下,受到鼓励的孩子们更加积极了!

　　海燕姐姐翻到下一页,画面(图5)有一个到处是垃圾的天台。

　　"天哪,怎么这么破,好多垃圾啊!"小龙不可置信地说。

　　"对啊,好脏!"本来对秘密花园抱着很大期待的小婕突然有些失望。

图 7 火车站的送别

小晴盯着图片,开心地说:"她会打扫干净,然后种花!"

海燕姐姐摸摸小晴的头,鼓励道:"小晴真是个乐观的孩子,故事是不是和小晴想的一样?我们继续往下看。"

终于,小恩要向舅舅展示她的秘密花园了!吉姆舅舅顺着小恩的鲜花小道走向天台。小朋友们也瞪大眼睛,期待这激动人心的一刻。

小朋友们指着图画(图6)说:"他们三个人在说'欢迎欢迎,热烈欢迎!'""我觉得舅舅这件衣服和花园好搭呀!这里好像在开party,他们都穿得好好看!"

"可是舅舅还是没有笑。"看到舅舅皱着眉头的表情,彬彬有一些失望。"或许舅舅是惊讶吧!像这样!"小龙模仿舅舅将嘴巴变成了"O"型,扬起眉毛。小朋友们看了都觉得很有趣,纷纷模仿起来。

"亲爱的妈妈、爸爸和奶奶:我的心扑通扑通跳得好大声……园丁是不休息的嘛!"

彬彬富有感情地读完了小恩的最后一封信。

翻页后(图7),孩子们说道:"因为小恩要走了,舅舅看起来很伤心。""舅舅、艾玛和阿德都来送小恩!""他们都不想小恩走的,你看艾玛都哭了。""好难过哦!舅舅抱着小恩也哭了。"

故事读完了,大家仍意犹未尽。海燕姐姐问大家:"你们喜欢这个故事吗?最喜欢哪个地方?"

"我好喜欢这个故事,最喜欢天台上开满了花,好丰富,好漂亮呀!""我最喜欢小恩悄悄地在天台上种花,不让舅舅知道。因为我有时候也会做类似的事情,我觉得自己和小恩有点像。""小恩种花让许多地方变得好漂亮,而且他们之间的关系都改善了好多。他们好喜欢小恩,我也好喜欢小恩。"

带读志愿者 上海师范大学2011级应用心理学本科生 钱海燕供稿

(五)带读者手记

《小恩的秘密花园》读完一遍时,下课铃声已经响起,但是孩子们仍然不愿离去,又把绘本从头翻看了一遍。好绘本经得起读者反复品味,每一次阅读都会有新发现。随着一个个美妙故事的积累,孩子们越发地喜欢上了阅读这件事。

我带孩子们阅读已经两年,见证了他们的成长。小婕是一个文静、害羞的孩子。小组阅读初始,她几乎不主动发言,回答问题也是声细如蚊,十分不自信。而随着阅读次数的增加,现在的她已经能够大声、主动地表达自己的观点了。小晴的注意力很不集中,阅读课上总喜欢四处张望。现在她不仅认真专注,观察画面时还非常细致。彬彬有一些口齿不清,所以怯于出声朗读,但是在大家的鼓励下,他现在不仅能够自信地大声朗读,而且发音也渐渐清晰、标准了……每一个孩子都在分享阅读中进步,他们每一个进步的点滴,也让我这个陪伴和见证者感到无比的激动和快乐。

(六)绘本活动

你的家庭遭遇过小恩家这样的困难时期吗?你们是怎么应对的呢?和爸爸妈妈好好聊一聊吧!这不仅仅是一项作业,也是一个让孩子好好了解自己家庭历史的机会。

三 梦想不要轻易放弃：读《大脚丫跳芭蕾》

（柯倩华译，河北教育出版社，2007年）

（一）谁创作的这本书？

本书文字和图画作者是来自于美国的埃米·扬（Amy Young）。现在的她致力于插画创作，其作品经常出现在全美各地的报纸杂志上。而在此之前，她也有一段和"贝琳达"极为相似的经历：她曾在耶鲁大学接受专业的艺术训练，并在印第安纳大学取得了艺术硕士学位，主修绘画。而在求学期间，她当过餐厅服务生，也在农场和建筑工地打过工，毕业后又从事过法务工作。如此丰富的求职经验，使得她对于如何在专业和兴趣间取得平衡有着深刻的体验。她将这些个人体会都浓缩到了《大脚丫跳芭蕾》一书中。

（二）这本书讲的什么故事？

贝琳达热爱芭蕾，却因为一双大脚，被专业评审冷嘲热讽。备受打击的她，失去了自信，最终艰难地做出一个决定——放弃舞蹈。于是，她成了一名普通的服务生。虽然这份工作与她热爱的舞蹈毫不相关，但是她还是用同样的态度，同样的热情来对待自己的新工作。直到有一天一个乐团来餐厅表演，贝琳达忍不住跟随音乐的节拍，跳起了熟悉的舞蹈动作。她的热情与投入感染了餐厅里的所有人，越来越多的人慕名而来。终于，她的舞蹈感动了乐团的指挥，从而获得了大都会剧院表演的机会！面对这个回归舞蹈千载难逢的好机会，贝琳达的大脚还会成为她的阻碍吗？

（三）我们为什么选这本书？

《大脚丫跳芭蕾》是一个关于愿望的故事。贝琳达在梦想折戟时，选择暂时抽离。在我们都认为她不得不向现实妥协时，一个重返舞台的机会又悄然降临。这样跌宕起伏的情节设计不仅获得孩子的喜爱，也恰好为成人提供了一个与孩子沟通交流的平台。努力不一定能立刻看到成果、妥协也需要勇气、机会总是留给有准备的人……这些复杂的人生经验，都浓缩在了这个简短的故事中。梦想和现实的抉择，是孩子在成长中必将面临的艰难一课。事实上，对于生活经历较为丰富的成人来说，这也是个难以说清的问题。如果您在亲子教育中也遭遇了这一难题，不如就试试和孩子一起聊聊这个故事吧！

（四）我们是如何互动式分享阅读的？

今天，李星姐姐要和六名二年级的孩子一起读书。孩子们主动围着李星姐姐坐好，等待着这次的新绘本。李星姐姐拿出绘本，将封面展示给大

图1 贝琳达的舞姿优美轻盈

家,问道:"今天我们读的是什么呀?"

"大——脚——丫——跳——芭——蕾!"大家整齐宏亮地读道。

"姐姐,她好瘦啊!""她的裙子像蘑菇!""不对不对,像沙发垫!""哇,她的脚好大啊!"……还没等李星姐姐发问,孩子们就被封面所吸引。

"有一个跳芭蕾舞的女孩名叫贝琳达……她每天去舞蹈学校,认真地练舞……"

李星姐姐指着图画(图1)问道:"你们觉得贝琳达跳得怎么样啊?"

大家争着抢着回答李星姐姐的问题。

"姐姐,我也会,你看!"涵涵说罢给大家表演了几个舞蹈动作(图2),还真的是有模有样呢!

图2 涵涵表演舞蹈动作

孩子对故事有不同理解，这样的情况在多个孩子共同阅读时常常发生。这要求带读者对孩子的反应有敏锐的观察，给予及时关注。若孩子总有"自己理解很奇怪""自己的观点被孤立"的感觉，那他的阅读兴趣也必将下降。

大家都在争先恐后地分享自己的发现，只有小宇一个人默不作声，好像有心事。李星姐姐轻轻地把手搭在小宇的肩膀上，问道："小宇，你觉得贝琳达怎样呢？"

"我觉得……她的脚太大，不好看。"小宇的声音越来越小，生怕自己说错似的。原来，小宇是怕自己的"发现"扫了大家读书的兴致，所以才不敢说话。

李星姐姐大大地表扬了小宇："小宇真棒，说出了自己真实的想法，那我们继续看看贝琳达发生了什么事情呢？"此时的小宇信心倍增，更积极地投入到了阅读中。

"评审委员一看到她的脚就大叫：'暂停！'"

刚翻页（图3），"这个像女妖怪，好丑啊！"

图3 模样丑陋的评委

图4 孩子们发现了喷头下的"一滴泪"

"这个像大土豆!"

"这个人的脸像板砖!"孩子们评论道。

"贝琳达很难过,难过了好久好久。"

"这个喷头下面好像有一滴泪,贝琳达肯定很难过。"小云看着画面(图4)感同身受地说道。

这个时候,李星姐姐合上书本,问道:"如果你是贝琳达,你会怎么办呢?"

大家开始热烈地讨论起来。

"可能不跳了。"

"我们要'走自己的路,让别人说去吧!'"

"那我们看看贝琳达是怎么做的。"

"既然不再跳舞……终于在费莱迪餐厅找到工作。"

"你看,这里贴着'征人启事',所以她就在这找到工作了。"

"'室内乐团即将登场,'我猜她肯定加入这个乐团了!"大家猜测起来。

"餐厅里的客人喜欢她,因为她动作快、脚步轻巧灵活。"

"因为她是跳舞的,所以肯定有功底的。"学过舞蹈的涵涵忙给大家解释道。

"这个厨师肯定很喜欢她,不顾勺子上的酱汁就抱着她了。"

"可是她看着也不开心啊。"

> 带读者分享阅读时提出一些投射型问题能够增强孩子对故事的代入感,拉近孩子和作品的距离。而且,这也能让老师和家长更加了解孩子眼中的世界,因为孩子回答这类问题时,总会借鉴自己对生活的认识。

"对啊,她还在想着跳舞呢,在看《舞蹈杂志》。"

大家好像能感受到贝琳达的心情,气氛也随之低落下来。

"接着,他们开始……贝琳达跳起舞来了!"

"哇!她跳得好高啊,我可做不来。"涵涵看着画中的贝琳达(图5)羡慕道。

"那个厨师都看呆了,锅冒烟了,煳了!"

大家看到图画(图6)都忍不住笑了起来,心情由"阴"转"晴",气氛也一下变得活泼欢快了。

图5 贝琳达高难度的舞蹈动作

图6 餐厅成了一片欢乐的海洋

> 酱汁、模型,这些与故事主线无关,但细想却是极符合故事氛围的细节,通常会因为我们过于关注文字而被忽略。好的绘本一般有三个故事:一个是文字的故事,一个是图画的故事,最后是文字和图画共同说的故事。在与孩子一起阅读绘本的过程中,成人往往把更多的关注点放在文字上,忽视了图画中众多有趣的细节,而孩子往往对这些细小的图画线索尤其敏感。从这个角度来说,通常是孩子在"引领"我们这些大人读绘本呢!

图 7　贝琳达的完美谢幕

"他们又告诉其他朋友……看贝琳达跳舞。"

"这个厨师怎么每次都不把酱汁弄干净啊,每次都要滴下来。"

"这个小女孩手里拿的是贝琳达的模型!"

"所有人都被她的舞姿吸引住了,都看呆了!"

"至于评审委员们说什么,她一点也不在乎了!"

"她面前的花好像一颗爱心。"

"感觉好温暖啊,我觉得贝琳达变得更快乐更自信了。"孩子们看到画面(图7)说道。

故事读完了,可大家还沉浸在刚才的温暖中,这时,李星姐姐提议:"我们试试把这个故事表演出来好不好?"顿时,场面一下变得热烈起来,大家跃跃欲试,都想展现一下自己的表演天赋。

最后涵涵毛遂自荐,要演和自己一样喜欢跳舞的贝琳达;小宇觉得厨师和自己一样圆嘟嘟的,就自告奋勇演厨师;小新要演芭蕾舞团的指挥,因为她觉得这个指挥是贝琳达的"伯乐";典典、小云、小程虽然都不喜欢那三个可恶的评委,但还是愿意为艺术"牺牲"。

简单的排练之后,随着李星姐姐一声"Action!",大家专心地投入到自己的角色中,

> 表演故事,是阅读之后一个重要的反刍过程,通过角色扮演,可以加强对人物内心的体验、对事件发展逻辑的仔细推敲。这个环节可以根据儿童的年龄、能力等差异相应地做调整。年龄小的孩子,可以由带读者主导,慢慢地由分角色朗读向表演过渡;而面对大孩子时,带读者可以将角色分配、台词设计等准备工作交给孩子,在表演之余,培养孩子们的沟通和协作能力。

再一次重温了故事中的温暖。

表演结束后,李星姐姐鼓励孩子们分享生活中的经历:"你们有没有最喜欢做的事情呢?说来听听吧!"

"我喜欢跳舞,可是现在作业越来越多,我都没有时间去参加舞蹈班了,但我要像贝琳达一样,坚持到底,就是胜利!"涵涵一边说还一边比出个"V"的手势。

细细回顾我们向孩子提出的问题,就不难发现其中的共性——均为开放性提问。开放性问题能够激发儿童的表达欲望,让孩子有话可说,乐于分享,同时也是对儿童口头表达能力的一种训练。

最后在李星姐姐的引导下,大家总结了自己从贝琳达身上得到的收获:我们都要坚持自己的愿望,认真、努力,并且不能随便嘲笑别人,要不就会变得和故事中的坏蛋评委一样惹人厌。

带读结束后,孩子们都依依不舍地跟李星姐姐说:"下周,你还要来和我们一起读书哦!"

带读志愿者 上海师范大学2014级学前教育学博士研究生 李星供稿

(五)带读者手记

带读《大脚丫跳芭蕾》时,正值学校艺术节报名期间。在带读的间隙,孩子们都争着分享自己为艺术节精心准备的节目,除了小俞。他着急时会口吃,但他最想当主持人,却又怕大家笑话他,于是迟迟没有报名参加艺术节。"你看贝琳达多勇敢啊!"我试着用"贝琳达"的故事鼓励他。"那我试试,你们不许笑我!"终于,他站了出来,在大家面前一遍一遍地练习主持词。最后大家都不由自主地为他鼓掌,再也没人笑他口吃了。两周后,我从班主任处获得一个好消息,小俞真的当选为艺术节的小主持人,而且表现得特别棒。小俞的故事也让我们这些带读者颇为感动,一本书不仅是一个故事,更是一个朋友,这当中奇妙的化学反应激励着我们将更多的好故事带给孩子们!

（六）绘本活动

1. 你知道什么是芭蕾舞吗？你了解芭蕾舞的历史吗？你知道著名的芭蕾舞表演吗？你知道著名芭蕾舞演员以及他的成长故事吗？你可以请教老师和家长，或者与你的同学、朋友讨论，还可以自己上网搜索芭蕾舞的相关知识。

2. 班级/家庭达人秀。把教室或是家里的客厅当成自己的舞台，并且用心布置，在舞台上表演自己的才艺特长。

3. 制作一个愿望金字塔。你最大的愿望是什么？怎样去实现这个愿望呢？把这个愿望化作每天的点点滴滴，然后努力去完成每天的"小愿望"，这样就能最终到达愿望金字塔的顶端，实现自己的愿望！

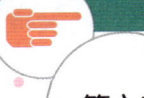

第六章 中华传统文化绘本精选精读

近年来中国传统节日被列入了法定节假日,中小学课堂引入了民俗课……可见中华传统文化越来越受到重视,人们的传统文化意识更需从小开始培养。绘本是儿童从幼儿期就经常接触的文艺作品之一,作为文化传播的一种媒介,在幼小的心灵中播撒下文化认同的种子。当前中国原创绘本越来越多,这些绘本中充满了中华传统文化的元素,创作者们希望通过一个不长的故事,完成儿童对中华传统文化的启蒙,增加文化认同感,提升民族自豪感。同时,中国元素也受到了外国绘本创作者们的青睐,他们的作品中也能传达出非常地道的中国韵味。

本章选择了中外绘本创作者的作品各一本,涉及"战争与和平""民族冲突""女性主义""西方思想对近代中国的影响"等深刻的主题,但这些都隐藏在故事的背后,读者们首先看到的是中国古典艺术、中国传统的家族生活等。这些都能潜移默化地影响孩子们的价值观念,培养他们的品位。中国文化对孩子们的影响并不立竿见影,但是在孩子的个性、气质形成的过程中,这些都会起到很大的作用。

一　迷倒孩子的国粹：
　　读《迷戏》

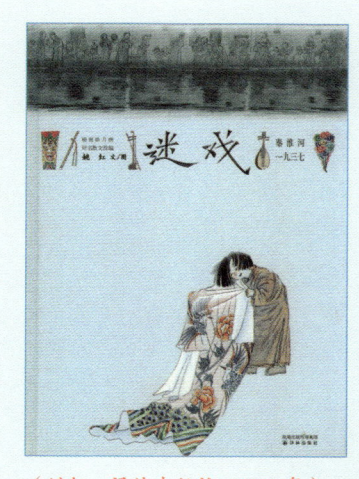

（姚红，译林出版社，2010 年）

（一）谁创作的这本书？

在创作本书之前，本书的文字和图画作者姚红，已经创作了《非常小子马鸣加》等脍炙人口的作品。本故事主人公的原型是作者的母亲姚月荫，她是这个故事原版散文的作者。姚红对母亲幼年的这段亲身经历有很深的感触，因此创作了同名绘本，并借此来纪念自己的母亲。

（二）这本书讲的什么故事？

1937 年，"我"九岁那年，京戏名角筱云仙来到南京演出，住在我们家。每天，"我"跟着筱伯伯晨练、写毛笔字……他还邀请我们去看他的演出。可是，在余音绕梁的京戏声中，战争却悄然来临……

（三）我们为什么选这本书？

《迷戏》描绘了一位小女孩与京剧的一段机缘。小时候与一位京剧名角的偶遇，在她年幼的心里播下了京剧的种子。故事中，即便是战时，京剧也是人们暂时逃离战争的避风港。这便是艺术的力量——无论在和平还是战争年代，无论是孩子还是成人都需要艺术来充实精神世界。相信这本书能让小读者和主人公一起领略京剧的魅力，让艺术的种子在孩子们的心里萌芽。

（四）我们是如何互动式分享阅读的？

午后，瑞轻哥哥带着小言和小午这对姐妹来到她们家楼下的花园里。

"今天，我想跟大家一起分享《迷戏》这本书。这个故事发生在上世纪三十年代的南京。先一起来看看第一幅图画……"

"能不能说说这个画面给你的感觉？"翻开第一页（图1），瑞轻哥哥问道。

图1 上世纪三十年代的秦淮河

"我去过周庄，那里也有水也有船，和画面上很像。"

瑞轻哥哥说："这是三十年代的南京秦淮河畔。你们看看画面上的人都在做什么？"

"小女孩坐在河边。""有人在撑船。""还有人在和拉二胡的人聊天。"……

"你们看，画面的左下角有一个戴礼帽的人！"小言有了新的发现。

"你观察得真仔细，这个人在后面的故事里还会出现，你们要看仔细。"瑞轻哥哥说。

书刚翻到第二页（图2），小午就立刻兴奋地叫了起来："啊，他来找二舅了！"

"猜猜看他们在说什么？"瑞轻哥哥想听听孩子们的想法。

"请他去看戏！"小午看见了画面中大大的京剧海报。

"我觉得是要劝他去当兵。"小言看着画面中的征兵海报说道。

> 互动式分享阅读注重故事的导入方式，导入是为了让孩子尽快进入故事。这本书的第一幅画面起到了"引子"的作用，描绘了当时江南水乡的意境，在文字故事开始之前，让读者先进入到故事的情境。

图2 邻居来找舅舅

图3 名角初来"我"家

瑞轻哥哥:"嗯,都有可能!我们一起来看看他们究竟在说什么。"

"……对街的邻居叔叔匆匆赶来请出我的二舅……"

"我知道!原来是有一位唱戏的名角来他家借宿了!"小午说。

"对!画面这里的小女孩在做什么?"瑞轻哥哥指着画面(图3)问道。

小言:"来客人了,她躲在门后看,外婆在收拾屋子。"

小午注意到了小女孩的动作,并推测她的心理活动:"她很好奇,好奇客人是谁?箱子里有什么?"

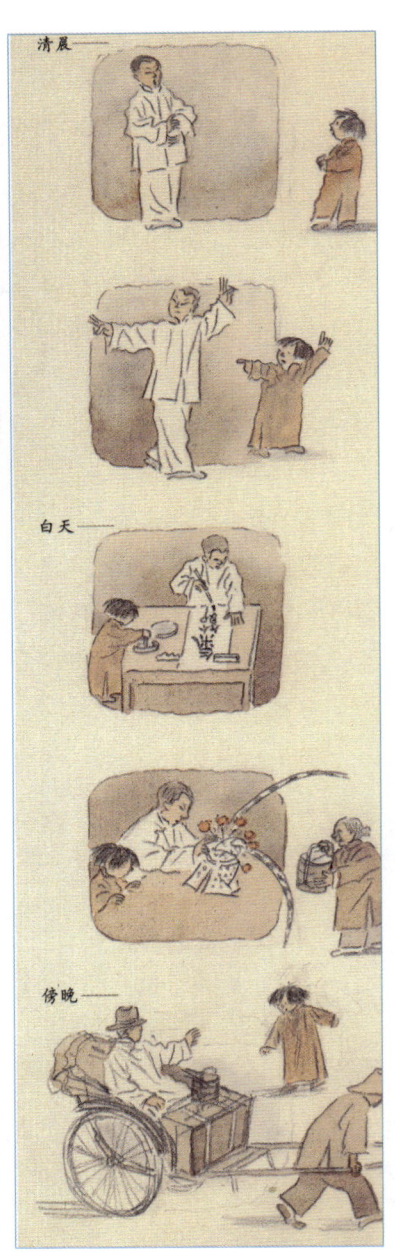

图4 "我"和名角

瑞轻哥哥指着画面右侧（图4）："看看这幅画，小女孩和名角在做什么？"

"名角在练声，小女孩在旁边看。"小言说。

"小女孩还模仿起名角的动作。"小午看到了不一样的内容。

"你们觉得小女孩和名角的关系有什么变化？"瑞轻哥哥追问道。

"一开始很陌生，有点隔阂，小女孩只是远远地看着。"小午说。

"小女孩先看他练声，后来学他做动作，陪他练字，他们关系越来越亲密了。"小言不紧不慢地说。

"也许是嗓音太美了……就引来了河对岸满满的人……"

"对岸站了好多人啊！"小午就感叹道，"小女孩还是陪在名角身边，看来他们的关系真的很亲近。"

瑞轻哥哥："嗯！这幅画如果仔细看还能看到不少东西呢。"

一听这话，两姐妹看得更仔细了。"嗯……人们都很享受，很安详。水面上蛮平静的。""有人闭着眼睛，应该是很享受名角的歌声吧。"

"早早地吃过晚饭，我们赶到了戏院门前。"

京戏名角筱伯伯送给了小女孩三张戏票，二舅跟外婆要带小女孩一起

图5　名角练声引围观

图 6 剧院门口熙熙攘攘的人群

图 7 名角的演出

> 在阅读的过程中,孩子们会更多地关注故事进展,想急着往下看。这个时候带读者应引导他们放慢脚步,从图片中获得文字之外的信息,因为绘本是文字和图片相结合的。这本绘本文字很少,画面信息量大,风格写实,需要细看才能把握。

去看戏。读到这儿的时候,姐妹俩想知道故事接下来怎么样了,催着大哥哥往后翻。但这样会忽略画面上许多细节,所以瑞轻哥哥耐心地引导她们慢慢看图(图6)。"戏院门口的人像你们一样急着看戏,那其他人在干吗呢?""有卖东西的!""还有人在发表演讲!""还有很多抗日的标语和商店门口的旗帜!"……两姐妹发现的细节越来越多。

"下一页有大惊喜哦!"一听哥哥这么说,姐妹俩眨巴着眼睛等待着。瑞轻哥哥把页面打开,"哇!这一页居然可以翻开!""好大好漂亮呀!"姐妹俩对这幅画面(图7)产生了浓厚的兴趣,

图 8 两幅图有什么区别？

> 京剧是本书中非常重要的元素，它本身也是中国文化的重要组成部分。现在的孩子对它的了解很少，借此机会向孩子们介绍一下书中涉及的京剧曲目既有助于他们理解故事，又是传播传统文化的好时机。在阅读时，带读者需要给孩子介绍一些和绘本故事有关的背景知识，有助于孩子理解故事内容，也起到一个启蒙的作用。姐妹花通过这本书，第一次接触到了京剧。

然而画面中的三个曲目她们都不太了解。瑞轻哥哥有备而来，给大家讲了一下"贵妃醉酒""抗金兵"和"天女散花"的主要情节，还给她们介绍了京剧的基本知识。小朋友们听得很入神，仿佛自己也来到了戏院，和小女孩一起在看名角的演出。

翻看下一页（图8），"这幅图和先前那个好像。"小午好像在回忆刚才看到的画面。

瑞轻哥哥："是很像，但还是有很多不同的。"

"名角不见了！""大家的表情都很惊讶。""小朋友在哭闹。"……

瑞轻哥哥补充说："原先躺在藤椅上的人突然坐起来了；之前站在他身边的那个戴礼帽的男士不见了；水波纹也比之前深了很多……"

小午敏锐地感觉到有什么不好的事情要发生了！

"一定要走吗？""我不能为侵略军唱戏！"

瑞轻哥哥："临走前名角筱伯伯送了一个京剧中的装饰品给小女孩，

如果你是她，此时此刻你会对名角说什么呀？"

"你什么时候回来？""你要去哪里？""你为什么要走！"……孩子们比书中的小女孩还要着急。大家突然安静了几秒钟，仿佛沉浸在离别的伤感中。

"好，我们继续看看，接下来发生了什么吧！"瑞轻哥哥把书翻开到下一页。"打仗了，如果是你，你会怎么保护自己的家呢？"

"我会躲起来。""我会给房子周围钉上铁板。"……

"对，你看小女孩在窗户上贴胶布。"小午找到了"证据"支持她们的想法。

"对，小女孩在帮舅舅用胶布贴窗户，这样有用吗？"孩子们都觉得这个方法太过简单，根本没有作用。

"那他们怎么还做得那么卖力呀？"

"自欺欺人。"小午脱口而出。"自欺欺人？你的意思是虽然没有用，但他们还在尽力保护自己的家园？"瑞轻哥哥帮小午表达了她的意思。小午点点头。

瑞轻哥哥："小女孩在防空洞里做什么？(图9)"

小午："她在做一些动作。"

图9 "我"模仿名角在舞台上的动作

> **实战篇**
>
> 在分享的过程中，儿童口头表达能力有限，在表达复杂含义时会出现用词不当的情况，这时候带读者要判断是孩子理解错了，还是表达错了。在这里小午的回答表明她理解了人物的心理，但找不到合适的词表达。因此，带读者用自己的话协助孩子完成了对人物心理的解读，这也是一种提升儿童叙事能力的方式。

“你们觉得这几个动作眼熟吗？”瑞轾哥哥问。小朋友们摇摇头。“这其实就是大开页里名角做的四个动作！”哥哥说。姐妹俩翻到前面，仔细对比了一下，非常佩服大哥哥发现的这个“秘密”。

瑞轾哥哥：“读完故事，你们对书里哪个情节印象最深啊？”

“三幅名角唱戏的画，好漂亮啊！”小午说。接着是小言发表自己的看法：“我最喜欢那幅对岸的人听名角唱戏的画，大家都好享受哦，颜色也很好看。”她停了停，又说：“可惜全被战争毁掉了，唉……”

“这个故事给你们什么感觉？”大哥哥问。

“战争不好。”“战争以前人们的生活很丰富很悠闲，但是战争来了就不能看京剧了。”……

> 阅读绘本结束后，带读者并没有急于对故事做出一个“权威”的解读，而是开放式地问孩子们对这本书的感悟、印象最深刻的地方等，孩子们就能够形成独特的审美、理解视角。

瑞轾哥哥：“有同感，战争毁灭了美好的东西，打破了大家平静祥和的生活。”

最后，瑞轾哥哥请孩子们将今天读的故事用自己的话写下来，孩子们在回顾的过程中，仿佛走入了故事中的世界。

带读志愿者 上海师范大学2011级应用心理学本科生 朱瑞轾供稿

> 平时语文写作任务中，孩子们可能会产生抵触和恐惧。很多孩子苦于没有东西可写，或者总是在揣摩语文老师喜欢什么样的作文。我们的写作任务是开放性的，保证孩子有话可写。为了帮助孩子消除对写作的恐惧，可以分步进行，先让孩子们把要写的内容说清楚，之后再把说的内容写下来。

一天，唱京剧的名旦筱伯伯来到了小姑娘的家，因为要在这里演戏。开始小姑娘和筱伯伯互不认识，渐渐地，他们熟了起来，筱伯伯演出那天还送了小姑娘三张票，小姑娘觉得好看极了。可是这时，发生了战争，筱伯伯离开了小姑娘的家，临走时还送了她一顶带小红球的帽子。筱伯伯走后，大批的敌人来到了南京，小姑娘一家也只得搬离了南京。

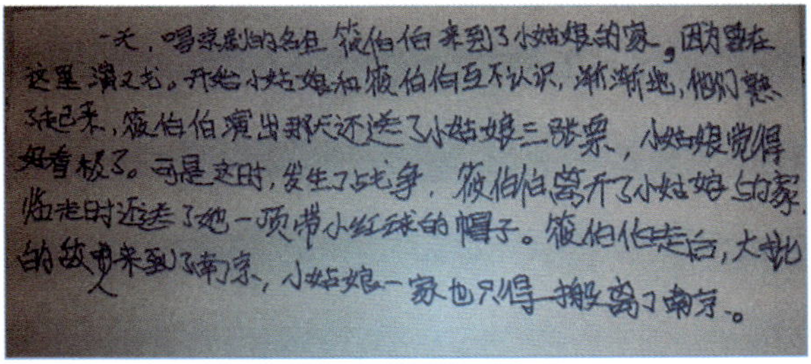

图10 小朋友写的故事简介

（五）带读者手记

小言和小午很喜欢这本绘本。之后遇到我时，小言和小午还激动地告诉我，她们回家就去看了京剧《贵妃醉酒》的视频，演员的衣服好好看。

看完绘本进而对京剧产生兴趣，这也是作者的创作目的之一。很多家长担心本书的主题比较严肃，孩子们不一定能理解。但我们发现小学三年级及以上的孩子基本能够理解故事中的情节和感情。作者姚红也曾说道："孩子们现在看不懂没关系，我们可以等。"每一本绘本都可以多次读，随着孩子年龄的增长，他们会有不同层次的感悟。

（六）绘本活动

故事中提及了三个京剧剧目《贵妃醉酒》《抗金兵》和《天女散花》，请同学们选择自己感兴趣的一个，欣赏一段该剧目的视频，并与自己的小伙伴分享。

二 一个民国女孩的大学梦：
读《Ruby's Wish》

（Chronicle Books Llc 出版社，2002 年）

（一）谁创作的这本书？

本书文字作者 Shirin Yim Bridges 出生于书香门第，家族中有不少人都从事写作或艺术事业。她的足迹遍及马来西亚、澳大利亚、中国香港等多个国家和地区。《Ruby's Wish》是她的第一本童书，讲述了她奶奶小时候的故事。

本书图画作者 Sophie Blackall 是一位澳大利亚的插画家，曾为美国《时代周刊》画过插画。

（二）这本书讲的什么故事？

Ruby 出生在一个富裕的江南大家庭中，从小她就和家族里的兄弟姐妹们一起读书。Ruby 渐渐长大了，在她生活的那个年代，女孩子长大了就要嫁人。可是 Ruby 不想那么快嫁人，她希望像兄弟们一样去上大学。Ruby 写了首诗，表达遗憾之情。祖父看到了她写的诗会有怎样的反应？Ruby 能否实现她的愿望呢？

（三）我们为什么选这本书？

在中国传统社会，女性地位比较低，那时女孩子想要实现自己的愿望是很难的。但是，文中的主人公 Ruby 依然坚持不懈地为实现自己上大学的愿望而努力。透过 Ruby，孩子们仿佛看到了自己，要实现愿望就要付出努力！

（四）我们是如何互动式分享阅读的？

今天，小前姐姐给大家带来一本比较特别的书："一本英文绘本，文本被挡起来了，我们今天要换一种阅读方式——只靠观察画面来理解故事。"

小前姐姐向大家展示封面："封面给你的第一感觉是什么？"

年幼的孩子第一次读一本新的英文绘本时，若将过多的注意力放在生词上，对于故事的整体性理解和感悟是一种破坏，所以我们第一次采用只看图画的方式。这本书可以反复读，多次欣赏后再和孩子一起看英文版本，孩子对背景和故事都有了了解，自然中英文的嫁接也会更快。

图1《Ruby's Wish》扉页

孩子们的第一印象都是"非常喜庆",因为画面以红色为主基调。

小前姐姐:"书名中 Ruby 在英文中的意思是'红宝石',这个单词经常被外国人用在人名里。"

翻到扉页(图1),小前姐姐指着插图问道:"这个故事发生在现在还是过去?"

星星抢答:"过去,因为穿旗袍。"

刚翻到第一页,孩子们就被画面中门前的鸟笼、鱼缸吸引了。不等小前姐姐提问,孩子们就讨论开了。"这家人家好坏啊,你看把鸟都关在笼子里,他们肯定是靠卖鸟为生的。"

> 这本绘本还有很多类似"鸟笼""鱼缸"这样的细节,如果只关注文字就丧失了这些发现的乐趣。

"你们看,还有一缸金鱼,他们是贩卖动物的!"

小前姐姐也加入了孩子们的讨论:"你们想的是他们把这些卖出去,有没有其他可能呢?"

小瑞说:"是他们买的吗?可是买回来怎么放门口?"

聪聪接话道:"可能是刚买回来,准备搬到家里去!"

小前姐姐见好就收:"好了,现在看看,这里(图2)画的是一户人家,还是几户人家呢?"

大家统一回答:"几户人家,因为房子很多。"

> 孩子们自由讨论时,不能让他们无止境地讨论下去或者偏离故事的主题。要适时地中断孩子们的交流,把他们的注意力引导到下面的故事中。

图2 大气的江南院落

图 3 全家福

刚翻页,就听到同学们发出了"哇"的感叹。他们被画面上(图 3)的人物数量震撼到了,一看就知道是"全家福"。孩子们迫不及待地数了一下人数,竟有五十个!

小瑞很有见地:"古代男人娶很多妻子,生很多孩子,所以他们家人多。"

小前姐姐支持小瑞的说法:"你说得很对。他们的服饰,如果让你们选一件,你们会选哪一件呢?"

> 孩子们的讨论看似与主题无关,实则是一次难得的分析、辩论和自我修正的过程。

有两个女生选了有蝴蝶图案的,因为她们喜欢蝴蝶。其他的同学都不约而同地选择了老爷爷的那件衣服或者是老爷爷怀里的小婴儿的衣服。小前姐姐问他们原因。"老爷爷最有地位,他的衣服的面料一定最好,小宝宝穿的衣服暖和、舒适。"

小前姐姐:"你们的视角好特别!现在,我们再看看,那些房子是一户人家住还是几户人家住呢?"

孩子们大声地回答:"一户人家!"

小前姐姐决定提高问题的难度:"这讲的是中国南方的故事,还是中国北方的故事?"

孩子们果然被难倒了，都一下愣住了。

小前姐姐提醒道："仔细看看他们的衣服，还有人的状态。"

小瑞反应过来了："哦，这是南方的故事。因为北方的男人都是五大三粗的，这里面男人不是这样的。"

"一点就透啊！"小前姐姐补充道："南方人的衣服颜色素雅，款式精致，和北方的服饰有明显的区别。"

看了这么久，终于到了今天的主角啦！小前姐姐隆重地向孩子们介绍："这就是 Ruby。"

同学们希望小前姐姐给 Ruby 起一个中国名字。小前姐姐想了一会儿说："Ruby 在英语中是宝石的意思。中国文化里'玉'也是一种美丽的宝石……"

"Ruby 喜欢穿红衣服！"聪聪发现了这一点。

"既然我们的主人公喜欢穿红色，红色在中国文化里寓意美好吉祥，那么我们就叫她'红玉'，好不好？"孩子们一致通过了姐姐的提议。

大家对红玉上书法课的情景很感兴趣，一眼就看出来红玉的字写得最好。其他的孩子不是写错了，就是纸面很脏。

小前姐姐："你们看看老师表扬红玉的时候，红玉是什么表现？"

"很高兴！"孩子们不假思索地说。

图4 一年四季都穿着红衣服的 Ruby

图 5 家族中孩子们的书法作业

小前姐姐:"再仔细看看。"

聪聪:"哦,是不好意思,她脸红了,而且低着头。"

小前姐姐:"那你们有没有被老师或者父母表扬过?"

"我妈妈表扬我作业写得快!""老师表扬我默写成绩好!"

"那受到表扬时,你们是什么样的反应?"

孩子们回答:"说'谢谢'。"

"真是一群落落大方的孩子。"小前姐姐夸道,"大家看,我们又发现了和现代人不一样的地方。过去的人受到表扬时,表现得更为含蓄和谦虚。"

孩子们读了红玉写的诗(图6),意识到这是在说家里重男轻女。看到红玉怯生生地朝爷爷书房里看去,大家也不由地替她紧张起来。

星星有新的发现:"这里红玉好像长大了,和之前不一样了。"

小前姐姐问:"你们觉得爷爷和红玉在说些什么?"

小敏说:"爷爷会问:'你觉得我们家哪里重男轻女?'"

刚翻过页,孩子们马上明白了——一定是元宵节的时候男孩拿的都是漂亮的有造型的灯笼,而女孩拿的都是很普通的灯笼。

小前姐姐解释道:"书里还说中秋节吃月饼时,男孩吃的是有蛋黄的,

图 6 深夜，Ruby 写诗

图 7 Ruby 心事重重

女孩吃的是没有蛋黄的。"女生大呼不公平。

孩子们看着爷爷摸着红玉的头，都松了一口气，爷爷没有批评红玉。

红玉闷闷不乐，独自趴在池塘边。孩子们看出红玉不开心，还发现画面（图 7）的最后还站了两个人。这一点，小前姐姐一直都没有发现。

这一页上有很多文字信息没有显示在图片上，小前姐姐把本页的文字故事告诉了大家："这里说的是红玉担心过年之后，爷爷就要让她嫁人了。因为她家里的兄弟们都去上大学了，姐妹们都相继嫁人了。但是红玉现在不想嫁人。那么她想干什么呢？我们接着往下看。"

图8 过年啦

小前姐姐和孩子们分享过年的习俗:"发红包!""放鞭炮!""穿新衣服!"……

"你们觉得爷爷给红玉的红包里是什么呀?"有人很机灵地说:"应该不是压岁钱吧。"

翻到下页,"咦?这里怎么突然有两张照片?红包的事情呢?"同学们有点着急了。

小前姐姐解释道:"左边是红玉小时候的照片,右边是红玉变成老奶奶时候的样子。那个红包里是一张大学录取通知书,后来红玉上了大学,并且成为了那所大学里的第一位女学生。"

故事读到这里就结束了,"那你们说说红玉的愿望是什么呢?"小前姐姐问道。"要上大学!"孩子们异口同声地说道。

小前姐姐继续追问道:"她为实现自己的愿望做了哪些努力?"

"认真学习!"

此时,小前姐姐想听听孩子们心中的愿望:"你

> 老师和家长在跟孩子们分享绘本的时候要做好功课,了解每一页大致的文字内容,因为画面和文字的信息不是完全一一匹配的。有一些段落文字信息量要大于图片信息量。遇到文字和画面信息相差较大的时候,老师和家长要将这一页的信息补充完整,让孩子们更好地理解故事,能够继续读下去。

们有什么愿望？要实现愿望需要做出哪些努力？"

第一位同学说想要买小兔子放在家里养，谁知后面几位同学的愿望也是买小动物。至于如何实现自己的愿望，孩子们一致认为要好好学习，用自己的奖学金买小动物。

下课铃响了，孩子们纷纷向小前姐姐打听下周读什么书，对下次的阅读活动充满了期待。

带读志愿者 浙江公路技师学院教师 钱前供稿

（五）带读者手记

在分享之前，我担心孩子们会排斥英语原文书，还担心时间背景离现在比较久远，孩子们理解有困难。但和孩子们分享之后，我觉得我的担心是多余的，孩子们的表现非常好，出乎我的意料。比如，孩子们一看到全家福就兴致勃勃地数了起来；孩子们选择喜欢的布料，没想到除图案外，他们还从身份与年龄角度考虑衣服的质量……文中还有很多类似的案例。孩子们在这样的阅读氛围中，思维很活跃。

（六）绘本活动

1. 完成一项家族访谈，并在班级中展示。请孩子们采访自己的祖父母，了解他们小时候的生活与现在有什么不同。采访问题包括：你们那时候穿什么款式的衣服？你们那时候喜欢做什么游戏？你们小时候有哪些大的世界性事件？……完成家族访谈后，可将故事、视频或照片等素材进行整理，展示给班级中的同学。

2. 观看视频《范曾谈中国书法之美》。书法是中国文化中非常重要的组成部分，让孩子从感性的层面了解中国书法的魅力。

附录　你还应该和孩子共读的30本绘本

绘本 是最好的教科书

1.《大脚丫游巴黎》

还记得那个长着一双大脚丫的贝琳达吗？现在的她已经是一位著名的芭蕾舞蹈家了！整个巴黎都在期待她的演出，除了她自己，因为她的舞鞋不见了。眼看着表演马上开始了，这可怎么办？她能再找到一双适合她大脚的舞鞋吗？她的巴黎首秀能顺利进行吗？

2.《晚安，小熊》

朦胧的月光笼罩大地，换上了星星睡裤的小熊却睡不着。他站在窗前，回想起白天有趣的海盗船游戏，聆听着马戏团传来的悠扬小夜曲，憧憬着新一天的到来……本书中的小熊就像我们身边的孩子，爱做梦、爱幻想，时常沉浸在自己的小小世界中自得其乐。大人们不如借此机会，进入孩子的小脑袋中一探究竟吧！

3.《不要再笑了，裘裘！》

孩子眼中的世界和成人所看到的并不一样，一些看似平常的事情在孩子眼里却是新奇而有趣的。就像本书中的小负鼠裘裘一样，遇到一点小事就会笑得喘不过气来。裘裘不会装死，这是负鼠妈妈最担心的事情，直到有一天一只凶巴巴的大熊出现了……裘裘该如何应对？他能逃过此劫吗？

4.《迟到大王》

约翰派克罗门麦肯席每天都迟到，因为他在上学路上总是遇到奇怪的事情，老师却认为他在说谎。直到有一天，约翰准时到了学校，教室里却发生了不可思议的事情……这个荒诞的师生故事让孩子们爱不释手。而且，从孩子们的分享中我们才知道，平常的上学路还真的是危机四伏、险象环生呢！

5.《葡萄》

"爱"是一个极为抽象的概念，孩子如何理解？《葡萄》就是一个极好的素材。本书中的狐狸为了种出葡萄，四处寻觅好方法，终于得出结论——要有爱！狐狸用各种方式实践着爱，并最终收获了美味的葡萄。作者用凝练的文字，寥寥几笔就形象地描绘出"爱"的形状，由此可见其功力之深。

6.《幸福的提姆和莎兰》系列丛书

该系列丛书包含十个温馨有趣的小故事。主人公提姆和莎兰是一对可爱的双胞胎小老鼠，每天的

生活都充满了惊喜。丰富的构图和舒服的配色,使得这套书特别适合亲子共同分享。更重要的是,这套书中每一个小故事都蕴含了很强的儿童心理学意味,包含了儿童在不同情境下的行为与情绪反应,是大人进一步理解儿童的媒介之一。

7.《父与子》

很多家长禁止孩子看绘本,理由是"绘本是幼儿看的"。其实,绘本是训练儿童推理能力不可替代的好素材。本书除了故事名称,没有任何文字说明,要理解图画的故事情节,完全要依靠画面之间的关系进行判断推理。孩子在阅读过程中,不断深入揣摩人物内心,训练了表达力和想象力。我们的阅读推广实践证明,任何年龄的孩子都深深地喜爱这本书并能从中收获很多。

8.《团圆》

本书荣膺首届"丰子恺儿童图画书奖"首奖,每个中国人都能在其中找到自己的影子,许多大人读过此书都禁不住潸然泪下。和孩子一起读《团圆》,聊聊亲子间的故事,品味字里行间的浓浓亲情,必将是一段美妙的阅读时光!

9."哈利"系列丛书

白底黑点的小狗哈利不爱洗澡、不喜欢玫瑰花图案的礼物、在海边乱跑迷了路、难以忍受爱唱歌的邻居……这活脱脱就是一个调皮小男孩的形象

啊！读过该丛书的孩子，都爱上了顽皮逗趣、放肆玩耍、热爱自由的哈利，也许在孩子的心中正向往着过哈利这样的生活呢！

10.《比得兔的世界》系列丛书

《比得兔的世界》系列堪称世界上最早的绘本之一，风靡百年必有其过人之处。其中每一个故事都经过作者长年的琢磨和推敲，故事起承转合，充满惊险。孩子们被故事情节牢牢吸引，绝不会分心。故事结尾温馨，同时蕴含深刻的哲理，是最适合亲子分享的睡前小故事！

11."威利"系列丛书

瘦弱、胆小、内向、总是受欺负的威利，几乎成了弱小者的代名词，但这无法阻挡孩子们对威利的喜爱！因为威利想要强大、想要合群、想要完成梦想以及对自我执着的特征，替孩子喊出了他们的心声，让孩子产生了共鸣。和孩子一起认识威利，也是一次和孩子一起探索自我的心路历程，初探渺小的"我"与大世界之间的关系。

12.《丰子恺漫画精品集》

作家朱自清评论丰子恺先生的漫画："一幅幅的漫画如一首首的小诗——带核儿的小诗。就像吃橄榄似的，老觉着那味儿。"丰子恺先生"最喜小中能见大，还求弦外有余音"。和孩子一起欣赏这样的艺术珍品，能够让孩子有机会接触中国近代艺

术作品,进而以提升孩子的审美情趣,感受先生画中仁爱与悲悯的力量。

13.《凯琪的包裹》

二战结束,荷兰小镇还笼罩在战争的阴霾中,从千里之外的美国小镇源源不断寄来的物资,帮助荷兰小镇度过了危机。本书故事叙述平淡而温馨,适合与年龄稍大一些的孩子一同分享,但故事的结局并不平凡,需要小读者仔细观察才能发现。原来,帮助别人不仅会使受助者变得更好,助人者也会在这个过程中逐渐改变。

14.《记忆的项链》

这是一个重组家庭的故事。说到继母,总会最先想到《灰姑娘》里那个吝啬苛刻的继母形象。本书向小读者展现了一个不一样的继母——耐心、有爱、理解孩子,这也成为她融入新家的"秘密武器"。孩子们读完故事会获得感动,家长们读完之后或许会得到一些启发,学习如何在家庭生活中建立更加良好、平衡和健康的亲子关系。

15.《金老爷买钟》

儿童在年幼时期还未形成准确的时间知觉,对于时间概念的掌握是一个难关。本书用风趣、幽默和略讽刺的笔法,描绘了一个被时间折磨的可笑的金老爷。当孩子们知道金老爷为什么"可笑"时,就说明他们对"时间"这一概念的理解已经逐渐开窍了!

16.《石头汤》

石头怎么能煮汤呢?这汤是什么味道?孩子们在看到书名时总是特别疑惑,但在读完故事之后,孩子们都会爱上这锅大家一起煮成的"石头汤",并乐于把这个故事分享给自己的小伙伴。这本书为何有如此神奇的力量?不妨也和你的孩子一起试试吧!

17.《神马》

我们熟悉的中国古代传说,加上了图画和适当的改编之后,焕发出了全新的魅力。除了故事本身,本书还有许多值得发散和扩展的主题,包括中国绘画、古代服饰等等,在阅读中补充这些知识,不仅能让孩子感受中国文化的魅力,也让阅读变得更加立体、完整。

18.《中国第一套儿童情绪管理图画书》系列丛书

随着孩子的年龄增长,他们的情绪也变得越加丰富多样、难以捉摸。在面对孩子的情绪问题时,您是否曾感到束手无策?那不妨和孩子一起来读读这套书吧!该套丛书在西方被广泛应用于儿童及成人情绪问题的心理干预。书中的小兔子和孩子一样,会快乐、会害怕、会生气、会恐惧……在阅读过程中,孩子能够逐渐认识自己的情感,学会表达,学会释放。

绘本是最好的教科书

19.《猜猜我有多爱你》

中国人普遍含蓄，少有人将"爱"挂在嘴上。亲子之爱如何传达？本书中的小兔子和大兔子尽己所能，用语言和动作来表达自己对对方的爱，逗趣又温暖。而孩子们的想象力更是令人惊喜，他们表达爱的方法千奇百怪、无所不有，但无不反映出他们内心丰富的情感。

20.《可爱的鼠小弟》系列丛书

风靡日本的鼠小弟来啦！重复递进的语句让阅读绝不枯燥，天马行空的情节让想象力无限迸发。鼠小弟的故事让孩子们爱不释手，幽默可爱让成人也为之折服。赶紧带上孩子一起进入鼠小弟的有趣世界吧！

21.《我的爸爸叫焦尼》

这是一个关于离异家庭的故事，描绘了父亲焦尼和儿子狄姆相会的幸福一天。当狄姆一次又一次地向陌生人介绍"这是我爸爸，他叫焦尼"时，定会触动我们心中最柔软的部分。这是一个特别适合父子共同分享的小故事。

22.《母鸡萝丝去散步》

全书只有简短的八句话，但配上图画之后，深受孩子们的喜爱。紧凑刺激的故事情节，让人爱不释手！而且，孩子们还在阅读过程中，不知不觉间完成了一次空间认知训练课程，很奇妙吧！

23.《小房子变大房子》

聪明老先生用一只母鸡、一头羊、一头猪和一头牛就轻松地解决了老奶奶房子小的问题，可是房子明明没有变啊？他究竟是怎么做到的呢？"变的不是房子，是人的心境。"孩子们的解读让人出乎意料。其实，这是一个颇具哲理的小故事，赶紧和孩子一起探讨一下吧！

24.《小老鼠亚历山大》

这只小老鼠很不一般，他的梦想是自己有一天跟大熊一样高大威猛。于是当家中揭不开锅时，他决定走上探险的旅途去寻找食物。然而，外面的世界陌生又危险，究竟小老鼠能不能成功找到食物，帮助家里渡过难关呢？

25.《獾的礼物》

引导孩子认识与尊重生命，是教育中不可规避的重要一课。作者用隐晦的语言和温暖的图画，讲述了獾如何勇敢面对死亡。更重要的是，这个充满童趣的故事背后深藏着一个深刻的道理——对生命抱以敬畏心，对死亡抱以平常心。不知如何与孩子开始这一课的大人，不如尝试从这本书开始，和孩子们聊一聊吧！

26.《先左脚，再右脚》

对于自己的人生第一步，大部分人都记不清了。但是对于家中的祖辈和父辈来说，孩子学步却是珍

藏一辈子的记忆。书中的爷爷巴柏也是这样，耐心地教孙子巴比学走路。直到有一天，爷爷巴柏得了重病，他不能走路了。难过的巴比下定决心，他一定要让巴柏重新站起来。巴比能做到吗？他想到一个什么办法呢？

27.《躲猫猫大王》

"躲猫猫"是一种常见的儿童游戏。提起"躲猫猫"，每个孩子都有说不完的回忆，每一次成功躲藏都让孩子获得无比的成就感。然而，书中的"躲猫猫"却不同寻常，最不擅长游戏的小勇却被小伙伴们封为"躲猫猫大王"，这究竟是怎么回事呢？

28.《公园里的声音》

本书出自于英国著名绘本大师安东尼·布朗。读这个故事时会有一种奇妙的体验：原本耳朵才能感受的声音，似乎能够用眼睛去看。如同安东尼·布朗的其他作品一样，本书的图画隐藏了许多细节，值得孩子反复咀嚼、比对和捉摸。快竖起耳朵，听听公园里究竟有哪些声音呢？

29.《小饼干狗》系列丛书

《小饼干狗》系列是被媒体和家长们公认的亲子阅读佳作，由十个有趣的小故事组成。"小饼干"（Biscuit）是一只小黄狗的名字，这套绘本描绘了"小饼干"日常生活中的各种场景：道晚安、做游戏、过生日、去郊游、交朋友等等。绘本画面清新传神，人物关系温馨感人，语言押韵，同一句式反复出现，是低龄儿童学习语言的好素材。读完这套绘本，每个妈妈会发现，这不就是我家宝宝的故事吗？每个孩子都会想起来，我妈妈说我小时候也是这样！

30.《爸爸和我》

许多年轻的父母经常很困惑，跟宝宝在一起时不知道该玩点什么？《爸爸和我》这本书或许能给大家一些启发：可能有时候，无聊的不是宝宝，而是爸爸妈妈自己。全书寥寥几十字，搭配上简单的蜡笔线条，描绘出的却是孩子脑中异想天开的世界！亲子阅读时，家长不妨也准备一些画笔，和孩子一起边读边画，看看这些线条加上孩子的想象力，会变出怎样奇幻的魔法！